河出文庫

脳人間の告白

高嶋哲夫

河出書房新社

目次

脳人間の告白

プロローグ

「十四の時から四度中絶しているの」

秋子《あきこ》は暗い海を見つめたまま言った。まるで深い海の底に沈んでいくような響きを持つ、静かだが重い声だ。

「子宮がボロボロだからよ。泣きわめいて、子供なんていらないから早くしまつして、なんて言いだすの」

闇の向こうから波の音が聞こえたような気がする。耳の奥を鋭い刃物でひっかくような耳障《みみざわ》りな音だ。胎児の悲鳴。耳をすませたが、今度は聞こえなかった。聞こえるのは車のエンジンの低い唸《うな》りだけだ。

「赤ちゃんは頭も出して、必死で生きようとしているのに……」

声には疲れが滲《にじ》んでいる。昼から夜の九時すぎまで、十時間近く分娩室《ぶんべんしつ》ですごしたという。医師として体力を使い果たしたのだろう。秋子はK大学医学部付属病院に勤務する産婦人科医だ。

「育てていけるのかしら」

「何とかやっていくだろう。それが親だ」

「十七歳のお母さんに十八歳のお父さん。遊びたい盛りでしょ。どういう気なのかしら、今時の若い人は」

「今朝の新聞にも載ってた。二十歳の母親が二歳の娘をアパートの部屋に閉じ込め、一週間ほっておいて餓死させた話。父親だっているだろうに」

「そりゃあ、いる。でも、知らん顔なんでしょ。親の自覚なんてない」

対向車線を長距離トラックの巨大な影がかすめる。

僕は先行車のテールランプから目をそらせ、そっと秋子を見た。

夜の光の中に黒い輪郭が浮かび、その彫りの深い陰影には疲労が滲んでいる。

「子宮口は、お昼すぎから開いているのよ。なのになかなか出てこない。逆子《さかご》でも、臍《へそ》の緒《お》が絡まっているのでもないの。あんなの初めて。よほど、帝王切開にきりかえようかと思った」

「出たがっていないんじゃないか」

「そうかもしれないわね。こんな親の子になりたくないって、必死に抵抗してたのかな」

　冗談のつもりで言ったのだが、秋子の真剣な声が返ってくる。

「そうじゃなくて、子宮の中が居心地よすぎてさ」

「そんなものかしら。暗くて何も見えないのよ」

　僕は笑いながら、秋子の視線を感じていた。

「本当よ。何もないの。光も音も匂いも……」

「赤ちゃんがそう言ったの」

「まさか。でも分かるの。思い出さない？　ほら、夜中にふと目がさめた時なんか。目を開けても何も見えなくて、何も聞こえなくて、何も匂わない。何も感じないの。あるのは自分の意識だけ。孤独で心細くて涙が出そうになる」

　秋子はシートにもたれ、目を閉じている。

　僕は秋子の言葉を考えた。何も見えない、何も聞こえない、何も匂わない、何も感じない世界。光も音も匂いも感覚もない世界。子宮の中……。うまく想像できない。

「静かね。まるで子宮の中みたい」

秋子の声は鼓膜《こまく》ではなく、僕の心に直接語りかけてくるようだ。

僕は秋子のシルエットを横目でなぞった。細い首筋、わずかに盛り上がった胸、静かに波打つ腹部。その細くきゃしゃな身体《からだ》は、少し前まで僕の身体に包まれていたのだ。

低いエンジン音が足元からせり上がってくる。左手には海がひろがっているはずだが、暗くて見えない。すべてを飲み込む闇が、車の窓に貼り付いている。まったくの別世界だ。

秋子の横顔には、僕の心を凍らせるような寂しさが漂《ただよ》っている。

腕を伸ばし、肩に手を置いた。秋子が僕の肩に頭をもたせかけてくると、柔らかな髪の匂いが広がる。穏やかで規則正しい呼吸の音が聞こえた。

それはまるで時に語りかけるように、神秘的で優しい響きをもっていた。

「何を考えているのかしら」

突然、僕の肩から頭を離した。

「考えるって――」

「赤ちゃんよ。お母さんの子宮にいる赤ちゃん」

「何も考えちゃいないよ。まだ思考力なんてないんだ。思考は言語を理解してからの脳活動。だけど、感情はあるんだ。原始的で動物的な感覚としての感情。いや、感情のもとになる感覚と言うべきかな。暑い、寒い、痛い、痒《かゆ》い。嬉しい、嬉しくない、気持ちがいい、気持ちが良くない。暴れている胎児にモーツァルトを聞かせると静かになる、っていう学会発表があったと教えてくれたのはきみだ」

「もう定説になっている」

「だから、音は聞こえるんだ。心地いい音も悪い音も」

「闇の中で聞く音楽か。何だか寂しすぎる」

秋子のかすかなため息が聞こえる。

「いや、なかなかいいかもしれない。闇の中で、どこからともなく染み出てくるモーツァルトの曲」

秋子は答えなかった。

そっと見ると目を閉じている。最近、暗い話が多い。疲れているのだろう。

「男だったの、女だったの」

話題を変えようとして聞いた。

「元気な……」

その返事を僕は最後まで聞くことができなかった。

対向車線を轟音《ごうおん》を残して走りすぎて行くヘッドライトの最後の一つが、突然左に揺れた。

僕はハンドルを左に切る。次の瞬間、視野は白光で満たされ、巨大な音の塊が僕と秋子を包んでいた。

身体中の細胞が一瞬にして結合を解き、勝手な方向に飛び散った。次の瞬間、その何十倍もの力で一点に向かって集束する。

僕の目の中は白光から暗黒に変わった。

第一章　春

1

わずかに上を向いた顔を、細かい水滴が覆《おお》っていました。

煙《けむ》るような雨が降っています。ひんやりとして、とてもいい気持ちでした。熱のある額にお母さんが冷たい手をそっと置いているような、懐かしく優しい感触です。

バラの匂いもします。花屋の店先でバラの花に鼻を押し当てているような、強すぎるバラの香り。しかし、それは人工的な匂いです。

気分は悪くありません。額には柔らかい母の手があったし、辺りはバラの香りで溢れています。僕はその中に横たわり、感触を楽しんでいる。ちょうど夢と現実の境にいるような、不安定な気分です。

突然、意識が鮮明になりました。

強い光を当てられ、夢の中から引き出されたのです。

ここは東京から横浜に向かう湾岸道路。都心から二十分ばかり走ったところでした。

雨は割れたフロントガラスから降り込んできます。

雨足が次第に強くなっている。バラの香りはダッシュボード上にあった車の消臭剤のビンが割れたのでしょう。漂うバラの香りを押し流すように、ガソリンの臭いも広がってきました。

「秋子！」

僕は叫びました。しかし、それが声になったかどうかは分かりません。

身体中の力が抜けている。自分でも信じられないくらいです。筋肉と骨と精神《こころ》がバラバラになったように頼りなく、つながらない。助手席からは声も聞こえないし、動く気配もありません。

「秋子、聞こえたら答えてくれ」

もう一度叫んでみましたが、返事はありません。手を伸ばせば届くはずの助手席が、彼方《かなた》へ飛ばされていったような気がします。

口の中に生温かい液体が溢れてきました。血です。鉄分の渋みが口中に広がり、呼吸と共に溢れてきます。肺が傷ついているのか。ザラリとした感触は、ガラスの欠片《かけら》か砕けた歯か、おそらくその両方なのでしょう。

僕は舌を使って、血と欠片を押し出しました。舌だけにわずかな感覚があり、動かせたのです。

視野が赤い膜に覆われているのは、やはり血のせいでしょう。額から流れる血が、目に入っているのかもしれません。

そのときやっと、大型トラックのフロント部が唸りながら僕たちの車にのしかかっているのに気付きました。トラックと衝突したのです。

しかし、自分でも意外に思えるほど冷静でした。痛みがないせいかもしれません。そのため、僕自身の傷には注意が及ばなかったのです。

手足の感覚はなく、体中が柔らかい羽毛に包まれて水中に浮いているようです。不快というより、むしろ快《ここちよ》いものでした。その重力から切り離された気分は、口の中の異物も呼吸の苦しさも、さほど気にさせないほどでした。

秋子の様子を見るために、身体《からだ》の位置を変えようとしました。

動かない。いや、動かしている意識はある。しかし、身体は固定されたままなのです。

ハンドルは水平になるまで押し上げられ、身体の中に半分近く隠れています。その間にはつぶれたエアバッグが挟まっていました。何かの金具が刺さって破れたのです。そフロントガラスは砕け散って、座席や身体に水晶の欠片をまき散らしたようです。それが赤い視野の中で輝き、万華鏡《まんげきょう》を覗いているようでした。

しばらく見ていましたが、次第に息苦しくなってきました。空気がうまく肺に入らない。気管は半分以下に狭められ、肺は壊れた手押しポンプのように軋《きし》みながら、わずかな空気を吸い上げているだけです。

少しでも肺をひろげ、呼吸を楽にしよう。

そう努力したのですが、どうにも奇妙です。意思を伝える対象をとらえることができません。目の前に不自然に曲がった腕があるにもかかわらず、骨格も筋肉も自分の意思とは切り離されているのです。どこかの神経が切断されたのか。

もう一度、自分の身体を確かめようと頭を動かしてみました。しかし、動いたようには思えません。それでも何とか目だけは動かし、視野を移動させることができました。

その瞬間、恐怖が背筋を貫き、冷静さはふっ飛びました。

動いたのは左目だけです。右目には折れ曲がったワイパーが刺さっている。いや、右眼球からこめかみの皮膚を突き抜けてシートに突き刺さっている。そのため、頭が運転席に固定されているのです。もう一センチでも左に逸《そ》れていたら脳を傷つけていたでしょう。

心臓は縮み上がり、うろたえました。

切り裂かれた肉体や潰れた内臓は見慣れていましたが、今、目の前にあるのは自分自身のものなのです。

そのとき突然、男の顔が覗《のぞ》きました。

「ひどいな」

男はしばらく僕を見た後、言いました。警官の制服——雨ガッパだったかもしれません。とにかく、警官でした。

「駄目だなこれは。全身が潰されている」

警官はそう言って、車を離れようとしました。

僕はありったけの声を張り上げました。かすかに呻《うめ》き声が漏れたようです。

「待て。生きてる」

警官は窮屈そうに身体を曲げ、ガラスが砕け散ったフロントから上半身をのり出して僕の手首を探りました。

「脈はあるが弱い。内臓が出ているし、手の施《ほどこ》しようがない。やはり駄目だ。そっちはどうだ」

警官はドアから身体を入れている、やはり警官らしい男に聞いています。

「生きてる。うまく隙間に挟まったんだ。奇跡だな」

秋子のことを言っているのです。秋子は無事だ。胸のつかえが一つ下りました。

ふいに、秋に予定している結婚式のことが浮かびました。明日は式場のホテルに、何度目かの打ち合わせに二人で行くことになっていたのです。

「ドアをはずして、座席を後ろにずらすんだ」

「潰れて動かん。電動カッターと、ジャッキがいる。バーナーも持ってこい。焼き切る方が早い」

「気をつけろ。ガソリンが漏れている」

秋子が助かりそうだと分かると、辺りは急に慌ただしくなりました。このとき不思議にも自分が死ぬかもしれないという考えは、まったく浮かびませんでした。

頭上の声や物音は、ますます騒々しくなります。金属がぶつかり合う響き、走り回る足音、怒鳴り声。救急車とパトカーのサイレン、車を誘導する声も聞こえます。

白服の男が来て、目に刺さったワイパーを調べていましたが抜き取るのを諦めたようです。そうだ、その方がいい。脳を傷つけるようなことがあれば取り返しがつかない。その代わり、見たことのない工具を使って十センチばかりを残し切り取りました。

「これで移動させられる。慎重に動かすんだ」

「腸が出ている。臭いな」

車から身体を引き出すとき、警官が呟《つぶや》きました。二十歳前後の痩せて背の高い警官でした。大腸と膀胱《ぼうこう》が破れている可能性があります。

「二人ともK大医学部の医者だ。男は臓器移植と献体の登録をしてる。どうする」

シートの上に落ちていた僕の財布から車の免許証を出した警官が言いました。

「どうするって、まだ生きてる。しかし、使える臓器なんてあるのか」

「時間の問題だと思うが。K大に連絡だけはしておこう。うるさいからな、ああいう連中は」

僕は担架に乗せられ、救急車に運びこまれました。

その時、激しい痛みが頭を走る。脳を切り裂くような激痛です。

「痙攣《けいれん》だ。押さえろ」

僕は思わず身体をよじりました。動いたかどうか分かりませんが、痛みが全身から湧《わ》き上がり、脳に向かって押し寄せてきます。

白衣の男が二人、僕の腕を押さえる。しかし痛みはすぐに鈍《にぶ》い痺《しび》れに変わり、全身から力が抜けていきます。

出血が多すぎる。至急、輸血が必要だ。僕は叫びました。

赤っぽい背景の中で目まぐるしくまわるパトカーの赤色灯を見ながら、意識が消えていく。

2

――右眼球破裂。左眼球、神経共に異常なし。頭部に移ります。皮下血腫《ひかけっしゅ》なし、硬《こう》膜外《まくがい》血腫なし、硬膜下血腫、脳内血腫、共になし。頭部はほぼ正常。

テンポが早く、少し甲高《かんだか》い声が聞こえます。

重なり合い絡み合い、長いパイプを通ってきた後のように言葉としては聞き取りにくい声です。声というよりむしろ音に近い。

しかしすぐに、山下准教授《やましたじゅんきょうじゅ》の声だと気付きました。

――頭部切開を始める。血圧が下がっている。輸血を三分の一増して。よし、そのまま続けて。よろしい。眼球摘出は後だ。

——麻酔はどうする。

——この状態だと必要ないように思います。意識なんてありません。心臓にはむしろ危険です。

——途中で目覚めたらどうする。いや、そんなことあり得ないか。どうせ神経はズタズタだし。

——肺機能大幅ダウン。

——時間がない。このまま続ける。

富田《とみた》教授の声です。

歯切れのいい大声ははっきり聞こえますが、話の内容は初めて聞く外国語のように、頭の中を通りすぎていくだけです。

——谷崎《たにざき》君と高杉《たかすぎ》君は、移植を手伝ってくれ。吉岡《よしおか》君ひとりじゃ間に合わない。

再び、山下准教授の声。谷崎、高杉、吉岡もいるらしい。彼らは僕の同僚、助教です。とすると、ここはK大学医学部の脳神経外科の手術室なのか。

そのときやっと、事故に遭ったことを思い出しました。大型トラックがセンターラインを越えて突っ込んできたのです。ハンドルを切るのがやっとで、声を上げることすらできませんでした。ブレーキは——覚えていません。

秋子！　秋子のことが頭をかすめました。生きてるという、警官の声を聞いたような気がします。目を開けようとしたが、意思が筋肉とつながりません。すべての筋肉が力を失っている。

声を出したが、喉の奥で消えてしまう。身体が溶けて液体になったように実体がない。身体中の神経が意思に反逆を起こし、眠ろうとしている。麻酔のせいでしょう。いや、彼らは言っていました。麻酔は必要ないと——。

やめてくれ。麻酔なしの手術なんて。僕は必死に叫びました。

「これ以上はどうにもならん。後はきみたちにまかせる」

教授の声がして、一瞬の沈黙がありました。

「できるだけのことはしろ。長くはないだろうが」

あわてて言い直しましたが、誰も答えません。やがて、富田教授と山下准教授が出て行く気配がします。

残っているのは、谷崎や高杉たちでしょう。彼らの経験値を考えると不安ではありますが、いまは、信じるしかありません。

　周囲を走り回る緊迫した空気が伝わってきました。

「どうしても助けたい」

　谷崎の思いつめたような声が聞こえます。返ってくるのは高杉の言葉です。

「バカ言うな。教授の言う通り何ができる。脳死を確認次第、眼球摘出だ」

「しかし、まだ生きている。心肺は停止していない」

「これ以上、何ができると言うんだ。おまえだって医者だろ。この状態は分かっているはずだ。身体はズタズタ、今まで生きてるのが不思議なくらいだ」

「呼吸が止まりそうです。出血もひどい」

　吉岡の声とともに谷崎の指示が飛びます。

「人工心肺につなげ。輸血を増やすんだ」

「ダメです。血圧が上がらない。どこかの血管が傷ついてて漏れてるんです。待ってください。胸部大動脈です。止血します」

　しばらく動き回る気配だけが感じられます。やがて吉岡の声がしました。

「止血、終わりました」

「すぐに他で出血が始まる。これじゃイタチごっこだ」

「どうする」

「どうするって、諦めるほかないだろう」

「だったら、俺たちは何をやってきたんだ。やってみる価値はある」

谷崎の声で、手術室に一瞬、異様な空気が流れたような気がしました。

「バカ言うな。あとで大ごとになる」

「俺は一人でもやる」

「やめてくれよ。むちゃを言うのは」

高杉の言葉は同意の意味合いも感じるようなものでした。

「ラボに移す用意を急げ」

また、慌ただしさが増してきました。

「麻酔はどうする」

「打つに決まってるだろ。死んじゃいない。バイタルはある」

そうだ、僕はまだ生きている。

――心電図、弱くなってる。

――脳波はどうだ。

――異常なし。

――頭部切開を急げ。血圧降下。

――生命維持装置の準備はできてるか。

――オーケーだ。いつでも移せる。

――切開を急げ。


部屋中の声が僕の脳に直接響いてきました。

リノリウムの床を歩きまわる足音、金具の触れ合う音、計器の低い唸りが緊迫した状況を伝えてきます。

白い壁、高い天井と無影灯、手術台を取り囲んで並ぶ計器類、部屋に淀む消毒液の匂い、空調のかすかな響き。そして何よりも生命と対峙《たいじ》した医師たちの緊張を感じていました。

僕はその空気を凍らせるような、張りつめた緊張感が好きでした。

無影灯の光の下で腹を裂き、胸を開け、頭に穴を開ける。患部を切り取り、肉をつなぎ、骨を削り、皮膚を縫い合わせる。

執刀医の緊迫感溢れる鋭い声、医師と看護師の息の合った動き。消毒液と血の匂い。

心電図や脳波測定器、血圧や脈拍のモニター、様々な医療機器の出す電子音と低いモーターの響き。計器を見つめる真剣な目。一ミリの狂いもなく切り進むメスの動き。身体中につながれた管と線を通して、何千mLもの血液や薬剤が身体に送りこまれ、バイタルサインがモニターされる。動きを停止しようとする器官を助け、死にゆく臓器、細胞に命を吹き込んでいるのです。

麻酔のまどろみは、すべての苦痛を流し去ってくれます。僕の命は今、彼らと取り巻く機器によって、なんとか支えられている。

やがて、声や物音さえも聞こえなくなりました。

ぽっかりとあいた穴の中に、徐々に落下していく。

死ぬのかもしれない。ふと「死」が精神《こころ》をかすめました。しかし、それもすぐに薄れゆく意識の彼方へと押し流されていく。

3

周りが何となく騒がしく感じます。

聞こえてくる話の中に、入学、卒業、研究生、新人という言葉が頻繁《ひんぱん》に現れるようになりました。春、新学期の季節なのでしょう。

しかし、この部屋には関係ないはずです。入室が許されるのは限られた者だけです。この研究室は立ち上がって四年目です。メンバーは前年とほぼ同じ、変更はほとんどありません。講師の僕を中心に、助教三人と医員たち数名の限られたメンバーでやってきました。すべては教授の指示です。

春は希望の季節、と誰かが言ったのを覚えています。

僕の希望について考えてみました。何があるのだろう。

「完璧な絶望などあり得ない」

この言葉を聞いたとき、その通りだと思いました。人は誰しもわずかな希望を頼りに生きています。また、それがなければ生きてはいけません。百万人以上の犠牲者を出したあのアウシュビッツでさえも、人々を支えたのは希望だといいます。

でも、今の僕には希望など感じられません。一片《ひとかけら》の希望すらないのです。完璧な絶望。僕は声に出して叫びたい衝動にかられました。しかし、僕にはその声すらない。

ふっと目が覚めました。

しばらく眠っていたのでしょう。

僕は闇の中に横たわっていました。

一条《いちじょう》の光も見えません。見たこともない深く完全な闇。一瞬、「死」という言葉が頭を満たしましたが、僕は生きている。

漂っていた意識が次第に形をなし、一点に集まってきます。

目をいっぱいに開けてみました。やはり完璧な闇、漆黒《しっこく》の中です。

大きく息を吸ってみました。生きているが、感覚はまだ戻っていない。身体全体が空中に浮いているようで頼りないのですが、ずっと楽になっています。痛みも苦しさもありません。

助かったのだ。思わず声が出ました。と同時に、数々の疑問というか不安が溢れてきます。朧《おぼろ》げな記憶ではありますが、山下准教授が退出した後も、谷崎、高杉、吉岡によって手術は続けられたはずです。果たして何も問題なかったのか……怪我の具合はどうなのか、後遺症は残るのか、ここはどこだ、明かりをつけてくれ、他の者はいないのか、秋子はどうなった。

「誰かいないのか」

叫んでみましたが返事はありません。

もう一度声を出しかけましたが、やめました。おそらく、僕は集中治療室にいるのでしょう。いずれ朝が来て、看護師が来ることは分かっています。

僕は闇の中にじっと身を潜め、朝が来るのを待ちました。

傷はかなりひどかったはずです。腕か脚か……、おそらく身体のどこかは欠損したのかもしれない。だとすると、医師としては大きなハンディをおうことになる。

時は静かに、何の痕跡《こんせき》も残しませんがすぎていきました。

暗黒の中で、時だけを見つめていました。そうしていると細胞が闇の中に溶け出し、闇の粒子が身体の中に染みこんでくるのさえ感じることができます。

無限の時間がすぎたような気がします。徐々に湧き上がってくる恐怖に身《み》を震わせました。暗く凍《い》てつくような恐怖です。何か恐ろしく、避けがたいものが、僕を闇の片隅に追いつめていく。

唇を噛《か》み締め、耐えました。そしてその限界がきた時、再び暗闇に向かって叫びました。

「誰か、誰かいないのか！」

それが声になったかどうか分かりません。

しかしそのとき、声を聞いたのです。

「疲れたな」

水中を通ったようなくぐもった声、深い穴の中でこだまする不明瞭な声。低く、直接頭の中に囁《ささや》きかけてくる声です。喜びが精神《こころ》を満たしました。やっと「闇」と「時」の恐怖から解放されたのです。

「この一週間、まともに寝てないぜ」

谷崎の声です。かなりはっきり聞こえましたが、言葉は相変わらず像を結びません。ただ音として、頭の中を流れていくだけです。しかしこの響きは、どれほど僕を救ってくれたことか。闇の孤独から、僕を引き上げてくれたのです。

ドアの閉じる音と共に、リノリウムの床に靴音が響きます。二人分の音。それは僕の前に止まりました。しばらく沈黙が続いた後、靴音は遠ざかりソファーのきしむ音がします。

「コーヒーを淹《い》れようか」

長谷川《はせがわ》です。長谷川が帰っているのです。ということはここは研究室ですか。

彼とは高校が同じで、大学も同じK大学の医学部に進学しました。大学に入ってからも親友でありライバルでした。

一年前までは一緒に脳生理学の研究をしていましたが、突然、アメリカの大学に派遺されたのです。彼自身の希望もありましたが、直接の原因は富田教授との折り合いが悪くなったからだと思います。彼は日本の大学医学部に残るには、あまりに自己主張が強すぎたようです。アメリカでは、臓器移植後の拒絶反応を抑える免疫抑制剤の研究をやっています。

「おい、長谷川、谷崎」

二人に呼びかけましたが、返事はありません。彼らは自分たちの会話を続けています。

もう一度二人の名を呼んで、諦めました。僕の声は届いてないようです。まだ麻酔から完全には覚めてはおらず、十分な声が出せていないのでしょう。

水音が聞こえます。何かに水を入れているのです。

「後味の悪い通夜だったな」

長谷川の声です。

「葬式なんてどんなものも嫌なもんさ。特に友達となると」

「そうじゃない。死者を弄《もてあそ》んでいるようで」

「おまえは本郷《ほんごう》とは親友だったたからな」

カップの触れ合う音、液体をそそぐ気配がして、しばらく沈黙が続きました。

サイホン式コーヒーメーカーを使っているのか。

長谷川の淹れるコーヒーはインスタントではないはずです。豆を挽《ひ》き、ゆっくりとドリップで淹れる。初めは気障《きざ》な野郎だと思いましたが、ひと月でその香りを待つようになりました。

しかし、いくら待ってもコーヒーの香りはしません。そうだ。ここは研究室ではない。徐々に記憶がよみがえってきました。

ソファーがあり水道がある。どうやらここは病室のようです。既に集中治療室から出され病室に入れられているのです。思っていたより傷はひどくはなかったのか。

ソファーがきしみ、立ち上がる気配がすると、一人分の靴音が近づきます。

「見ているとたまらなくなる」

「俺だってそうさ。でも割りきらなくちゃな」

長谷川に谷崎が答えます。

「何だろう、と思うことがある」

「本郷なんだ。本郷自身なんだ」

「だったら、こんなことはやるべきじゃない。彼は同僚であり友人だった」

「本人はそう思ってなかったかもな。それに、その話はもう終わったんだ。教授に気付かれると大ごとだぜ。今じゃ、誰もそのことについては口に出さない」

「しかし、教授も勝手だな。本郷がいなくなって、急に俺を呼び戻すんだものな。アメリカの同僚も驚いてた」

「だって、二番手はおまえだろ。山下准教授は来年には他の大学に出されるって噂だ。それに、葬式には出るつもりだったんだろ」

「いや、教授の指示がなかったら帰ってこなかった。本当は帰ってくるべきじゃなかったのかもな。色々あったからな」

「でも、おまえが戻ってきて助かったよ。俺たちだけじゃ、こんなにうまくはいかなかった。感謝してる。さすが、アメリカの最新医療技術を学んだだけのことはある」

「帰国した日にさんざん聞かされたよ。だが俺が言いたいのは、倫理上とか人道上とかそんなリッパなことじゃないんだ。単なる生理的なことさ。たまらないんだ。ぞっとする。これがあいつだと思うと」

「おまえだけじゃないさ。俺だって最初の夜には夢に見た。でも今は慣れた。しっかりしろよ。本郷がいなくなった今は、おまえがこのラボの実質ナンバーワンだからな。だから教授が呼び戻したんだ」

「やめてくれ、そんな話は」

長谷川の声と共に靴音が遠ざかり、ソファーのきしむ音が聞こえました。

二人とも黙ったままです。

一人が欠伸《あくび》をしました。

「本郷の妹、宏美《ひろみ》ちゃんだよな。かわいかったな。うつむいて涙ぐんでいた。俺、見とれてたよ。こういうこと言うの不謹慎なんだろうな」

谷崎が沈黙を振り払うように言いました。

「当たり前だ。でも今さら関係ない。何を言おうと何をやろうと、あいつには分からない」

「出口のない精神《こころ》。音も光も匂いも感覚もない、暗黒の宇宙をさまよう精神。生きてるか死んでるかも分からない。ただ考えることができるだけ。たまらないだろうな」

「やめろったら」

長谷川が大きなため息を吐《つ》きました。

「本郷の生きているうちに、一度きっちり話し合いたかった。妹のことについても。これからじゃ、どうにもならん」

「そんなことないだろ。あいつとは関係ない。宏美ちゃんはいい娘だ。しかしよかったよ、くずれてなくて」

「何がだよ」

「まともな顔だっただろ」

「うまいもんだ、葬儀屋ってのは」

「いくら腕がよくたって、どうにもならない時だってあるんだ。あいつは潰れたのが身体だけだったからよかった。身体ならいくらでもごまかせる。くっつけることもできるし、着衣で隠せば問題ない。学生の時、ビルから飛び降りた女性の検視を手伝ったが、ひどいもんだった。うつ伏せで落ちたんだ。顔はぐしゃぐしゃで脳みそがはみ出てた。あれを見せれば、飛び降り自殺なんてする人間はいなくなる」

二人の会話は続き、僕は必死で神経を集中させました。

彼らの会話が少しずつ像を結び始めたのです。葬式、遺族、事故、……。言葉の端々《はしばし》が意味を持って僕の意識に入ってくる。同時に、何とも重苦しい、地底に引き込まれていくような不安が芽生えてきました。

事故の時の身体を思い浮かべました。正確に覚えているので、自分でも驚きました。車の中では気が付かなかったことも思い出せます。

胸はダッシュボードとシートの間で十センチ程の厚さに圧迫されていました。肋骨《ろっこつ》は砕け、何本かは皮膚を破り、肺を貫いていたに違いありません。両脚は後退した車のフロント部で潰され、腕はハンドルの輪の中で不自然に折れ曲がっていました。内臓が出ている、と警官は言っていた。

首から下は人間の形をしていなかったのではないか。おそらく首の骨も折れていたでしょう。脊椎《せきつい》は――。右目は摘出という声を聞きました。即死でなかったのが奇跡です。

4

「死」――この時、はっきりと死が僕の精神《こころ》をとらえました。

死んだのだ。僕は死んでいる。やはり彼らでは僕を救うことはできなかった。いや、冷静に事故の状況を考えれば、たとえ僕がいても無理だったでしょう。

そして葬式――、彼らは僕の葬儀に行ってきたのです。

では僕は何だ。何なのだ。魂が病室に留まっているとでもいうのか。

不思議な気分でした。自分の死を悟っても、思ったほどの驚きはありません。それは「死」と「生」のギャップが、今まで考えていたものほどかけ離れていなかったからかもしれません。僕は今、存在している。以前と同じように思考している。

医師として数え切れないほどの死に接してきました。脳波の停止に始まる呼吸の停止、心臓の停止。これが僕が経験してきた死です。後は酸素と血液の供給を絶たれた細胞が時とともに朽《く》ち果《は》てていくだけです。

そして、死は本人から残された者たちへと引き継がれるのです。

遺体にとりすがり涙を流す遺族、なすすべもなくただ立ち尽くす医師と看護師。

「生」と「死」とは、時間の連続にもかかわらず、ある瞬間からはまったく別の世界のものだと信じてきました。いや、「死」は世界すらない「無」そのものであると。

ところが僕は今、こうして存在している。意思も記憶も精神《こころ》も生きている時のままなのです。ただないのは、光、そして意識を伝達するもの、肉体なのです。

通夜での自分の姿を想像してみました。全身の傷を隠すために包帯で巻かれたミイラのような身体。おそらくは継ぎはぎだらけ。それさえもできず、ただ包帯を巻いただけかもしれません。

僕は臓器移植と献体の登録をしていますが、使い物になる臓器はなかったのではないでしょうか。心臓も肺も肝臓も腎臓も、正常なものはなかったに違いありません。

ただ、身体に対して頭部はほとんど無傷でした。といっても、右目にはワイパーが刺さっていました。義眼でも入れてくれたのでしょうか。それとも一夜のための手間を省き、包帯ですませたのか。

「秋子さんには知らせたのか」

長谷川の声です。

秋子の名前に、僕は身構えました。

「そうか、おまえは秋子さんとも親しかったな」

「両親を見掛けたが、気の毒で話はできなかった」

「彼女はまだ絶対安静だ。いずれ時がくれば彼女にも話すつもりだ。彼女も医者だ、分かってくれる」

「どうかな、婚約者だ。結婚式には日本に帰ってきてくれとメールがあった」

「事故の日も、翌日二人でホテルに式の打ち合わせにいくと言っていた」

沈黙が続きます。

秋子！　僕は叫びました。

しかし彼らに聞こえるはずがありません。彼らにとっては「生」と「死」の世界はまったく別のもの。僕は彼らと別の世界にいるのです。

「本郷の家族はこのことを知ってるのか」

「知るわけないだろ。言ったって信じやしない。おまえだって、見るまで信じなかっただろ。装置の半分にはおまえも関係していたのに」

「本郷の親父さんも医者なんだ。都内で本郷外科医院を開業してる。富田教授の先輩だぜ」

「だったらなおさら言えんよ」

「死因は発表したんだろ」

「内臓破裂、全身損傷による失血死、ショック死でもいい。外傷による心臓停止もある。メチャメチャだったんだ、頭部以外は。カルテを見てみろ」

「もう何度も見た」

「解剖報告書もあるはずだ。とにかく、大学病院までもったのが奇跡なんだ。手の打ちようがなかったことは、世界中の医者が認めるだろう。問題は、どの時点で処置したかだ」

谷崎のしゃべり方は自分自身に言い聞かせているようです。

「先生は反対したはずだ。彼の性格からして」

「手術については、先生には何も言ってない。先生は心肺停止後、人工心肺につないだ時点で後の処置を俺たちにまかせて出ていった。それ以上、手の施しようがなかったからな。誰が見ても助からないことは分かっていた」

「本当なのかね。先生は本郷がやっていた実験については当然知ってる。ただ自分が責任を取りたくないので、知らないふりをしてるだけじゃないのか。教授なんてそういうもんだ」

長谷川らしい皮肉を込めた言葉です。彼のこの直接的な物言いが教授の反感を買うのでしょう。

「その辺は分からない、でも、あり得るだろうな」

「おまえは、その後のことを初めから考えていたんだろ」

「事故の連絡を受けた時か、患者を見た時か、それとも心臓が停止した時か。もっとも心臓なんかほとんど動いていなかった。ただし、心臓が止まってからではない。それでは遅すぎる。人工心肺につないで——」

谷崎の独り言のような声が聞こえる。言葉の内容にはかなり混乱が感じられた。

「頭部切開して心臓が完全に止まるのを待っていたわけか」

「やめてくれ。あの時は必死だった。細かいことは覚えてないよ。俺は研究室の準備をしていた。それに、その辺のことは考えないようにしてる。ただ、若手の総意ではあった。誰も反対はしないで、自分の役割をこなしてた。本郷だって、同じことをしたさ。万に一人の患者だったからな。身体があれだけ損傷していても脳は無傷だ」

「問題になるだろうな」

一瞬の間の後で、長谷川らしい慎重な声が聞こえました。

「分かってる。公《おおやけ》になればえらい騒ぎだよ」

「いずれ発表するんだろ」

「成功すればね。ノーベル賞ものだ。いや、これは科学上の発見とは言えないな。しかし、医学への貢献は莫大《ばくだい》だ。やはりノーベル医学生理学賞だ。今後、脳に関する研究は飛躍的に進む。死の概念も大幅に変えるものだ」

「しかし、成功とはどの時点で言えるんだ」

「俺は一年を目処《めど》にしている。一年間は生かしてデータを取る」

「失敗すれば？」

「そんなこと考えると、やってられない。今のところうまくいっている」

谷崎の声は言葉とは裏腹《うらはら》に多分に不安を含んだものです。

「そうかな。俺にはよく分からん」

「人工授精の時も心臓移植の時も最初は大騒ぎだった。裁判ざたになったり、慌てて倫理委員会を作ったり。国会に呼び出されて質問された医師もいた。それが今では盲腸や骨折と一緒だ。世界じゃ、普通にやられてる」

「これも今にそうなるというのか」

「時間だよ時間。すべては時の流れ。これを止めることは誰にもできない」

「恐ろしくなる」

「そう、恐ろしいよ。だがこれが医学の進歩だ」

医学の進歩という言葉を谷崎は繰り返しました。自分自身を納得させるように。

二人はしばらく何も話しませんでした。

僕は暗黒の中にうずくまり、聞き耳を立てていました。彼らの会話から、できる限りの言葉を拾おうとしたのです。手術、患者、心臓移植、脳。次々と精神《こころ》の中を流れていきました。

「しかし、こいつは一体何者なんだろ」

「やはり本郷なんだよ」

長谷川に谷崎が答えた後、またしばらく沈黙が続きます。

「例えば、移植を考えてみろよ。腎臓移植、肝移植、肺移植。とどのつまりは心臓移植だ。心臓移植の場合、いくら脳死状態の人からの移植でも、ドナーは死んでるわけだろ。主役である移植される側は、他人の心臓で生きることになる。しかし、主役は主役のままだ。意識は主役のものだ。だが、脳移植はどうなんだろ」

また沈黙です。二人の考え込む姿が浮かびました。

「脳が健康な身体に移植されたとすると、そいつは何者になるんだ。Aの脳をBの身体に移植する。移植が成功すれば、BはBのままなのか。それとも身体はBだが心はAなのか。医者はどっちを生かしたことになるんだ」

「やっぱりAなんだろ。記憶や考える能力はAなんだから。やはり脳が人の人たるゆえんだ。人間の中心なんだよ」

「飲みたい気分だよ」

「近くに知ってる店がある。精進落《しょうじんお》としだ」

谷崎の声で立ち上がる気配がして、二人の視線を感じます。

しばらく無言で立っていた後、靴音が聞こえ、ドアが開いてから閉まる音が響きました。

「やはり俺たちは間違っているんだ」

二人の視線が消えるとき、長谷川が呟く声が聞こえました。

再び、静寂《せいじゃく》の世界に戻りました。時だけが静かに流れていく。これが「死」、永遠の始まりなのでしょうか。

突然、寂しさがこみ上げてきました。

父、母、妹のことが精神《こころ》に現れ、溢れてきます。家、学校、近くの駅、商店街、デパート、子供の頃よく行った釣り場の風景や、野球に興じた広場が浮かんできました。今頃は春の穏やかさから、夏への準備が始まっているでしょう。

木々は若葉に輝き、陽の光を浴びて新たな生命を生み出す用意に取り組み、人々は学校、社会へと新しい世界への旅立ちに心躍らせているに違いありません。

そして秋子のことです。

去年の春から夏に移る季節、九州で開かれた学会の帰りでした。僕たちは仲間と別れて、二人で山陰をまわりました。日本海に面する小さな港町に泊まったのですが、その時の秋子の姿は忘れることができません。

明るい陽の光を浴びて砂浜を走る秋子は、「生」そのものでした。僕は彼女を追いかけ、その身体を抱き締めました。その日、僕たちは初めて結ばれたのです。

だが、二度と会えないのです。僕の愛したすべてのものに。

どのくらい経ったのでしょう。一時間、二時間……。それとも一分か十分か。精神《こころ》は闇に締めつけられ、時に押し流されていきました。

闇を見つめていると何かが見えてくるとも言われます。神経が研《と》ぎ澄《す》まされる。わずかな光源も探知できるようになる。そういうことかもしれません。しかしそれは、あくまで視力を持っている人の話です。僕の場合は闇の中に過去を描いているのかもしれません。

「もう耐えられない」

僕は大声で叫びました。

その時です。かすかに精神《こころ》を震わす振動を感じました。動きとも音とも違う。振動なのです。いつも聞いている音、そうです。空調の音。いつもより低く、地を這う蛇のような耳障りな響きですが、確かにそうです。それに聞き慣れた機器の発する電子音。

ここはどこだ。病室ではないのか。集中治療室か。いや違う。もっと僕となじんだ場所だ。医学部卒業以来の数年間、時間の大部分をすごした所だ。

頭の中が、他人が入りこんで踏み荒らしたようにバラバラになっていきます。僕はもつれ合った記憶の糸を一本一本より分けて並べていきました。

ふっと生まれた不安が精神《こころ》に滲み広がっていく。慌ててそれを否定しました。

ここは、K大学医学部、脳神経外科研究棟、三〇五号室。

三〇五号室は三階の南側、廊下の突き当たりにあります。十メートル四方の研究室で、エレベーターからも階段からも一番遠くにある、静かで明るい部屋です。

窓からは高校のグラウンドが見え、晴れた午後には窓を開けると若い歓声がかすかに聞こえてきます。しかし、いつもはブラインドが下ろされ、蛍光灯の光だけの部屋でした。

アルコール、クレゾール、様々な薬品の匂いが染み込んだ研究室です。

壁際の長机には、脳波測定器、心電計、小型レーザー発振器、オシロスコープ等の機器が数台ずつ並び、静かなモーター音と電子音をたてている。

その反対側には天井まで届く棚と特大の机が三つ置かれています。棚には薬品と、アルコールの中で白っぽく変色した、百種類近い標本が並んでいます。脳と脳片です。動物、そして人間。

特大の机には五台の顕微鏡とパソコン、大型冷凍ボックス。中には細胞組織や血液の入った試験管が数百本入っています。

窓際には何年も前の先輩たちが、どこからか持ってきたスプリングの出かかったソファーベッドとテーブル。

その横に書類と専門雑誌に占領された机が二つと本箱が並んでいる。ごく普通の医学部の研究室です。

そして部屋の中央には高さ一メートルほどの頑丈な台があって、ステンレスの枠組みの三つの水槽が置かれています。その中には――。

激しい衝撃が僕を襲う。

息が詰まり、全身の血が一瞬にして頭に上り、そのまま破裂するのかと思いました。全力で身をくねらせ、手を振り足を蹴り上げる。喉が裂けるほど叫び、胸をかきむしる。肺が破裂するほど空気を吸い続け、吐き続ける。泣き叫び、わめき続けました。

徐々に意識が薄れていきました。身体の力が急激に抜け、深く暗い淵へ落下していくのです。これこそ本物の死なのでしょうか。死であって欲しい。僕は薄れていく意識の中で必死に念じ続ける。

5

夢を見ていました。

中央に三つの水槽が見えます。その横に新しい台が組まれ、四つ目の水槽が置かれています。これは僕が学位論文の最後に載せる実験装置として、長谷川がアメリカに派遣されるまで二人で二年間にわたり研究を続け、その後一人で二ヶ月前に完成させていたものです。

この水槽は他の三つより一まわり大きく、さらに頑丈に作られています。ステンレスの枠組みに厚さ七ミリの特製の強化ガラスがはめ込まれた一辺六十センチの立方体の水槽です。両側につけたコネクターからは何十本もの管と線が出ています。中はわずかに褐色がかった液体で満たされています。そして中央には、拳を二つ合わせた形の一まわり大きな、灰色の塊が浮いている。

脳。人間の脳なのです。僕は思わず顔をそむけました。しかしすぐに目を戻しました。脳は白いテフロン製の粗い網に包まれ、水槽の中央に固定されています。ピクリとも動きません。ただそこにある。それだけです。

脳から出た何本もの管と線はコネクターを通って、水槽横のいくつかの装置につながっています。研究室で開発を続けている生命維持装置です。これらの装置を通して、脳が生き続けるのに必要な血液と栄養、環境変化によって起こる拒絶反応を防ぐ数種類の薬品が送り込まれています。

その他、血液中のガス交換をする人工肺、不用物を濾過《ろか》する人工腎臓、脳が浮いている脳脊髄液の新鮮さを保つ濾過装置。さらに水槽内を脳内と同じ温度、圧力に保つ定温、定圧装置など、人間のあらゆる器官の役割を果たす装置が水槽内につながっている。

脳の各部に埋め込まれた線はアクリル板のコネクターを介して壁際に置かれた装置に導かれ、頭部内に似せて造られた水槽内で脳が生き続けている証《あかし》を送っている。脳波、血圧、血流成分の変化、わずかな分泌物。これら生体反応の微妙な変化のみが、脳が生きている証となるのです。

水槽に沿ってゆっくり移動しました。装置のわずかな振動も全身に感じます。こんなことはかつてなかったことです。水槽の正面に再び戻ってきた時、真新しいアクリルのプレートに気付きました。

『検体　009　H．M．　1537グラム　1983〜2015　4・10　第九号実験体　ホモサピエンス　メイル』

その時、僕は眠りから引き戻されました。

身体中に疲労が張り付き、全身が重く、汗のためか冷たくなっています。目を開けて周りを見まわしました。夢と現実が交錯《こうさく》し、しばらく自分自身を包む闇が何を意味するか分かりませんでした。

しかしすぐに飛び起き、身体を探りました。頭、腕、胴、脚……どこにある。僕の身体は――。必死で身体を探り続けましたが、手は何もつかむことができません。いや、その手すらもない。床を蹴り上げましたが、脚の反動もないし、身体も動きません。

そうなのだ。やはりそうだ。ほんの数分前、僕が見ていた灰白色の脳。あれこそ僕なのだ。

近代医学は生命をもコントロールしようとしています。本来なら止まっているはずの心臓を動かし、腎機能の代わりに血液を濾過し、肺の代わりに酸素を送り込む装置を開発しました。人工心肺、人工透析です。遺伝子を調べることにより体質を改善し、さらには体細胞から新しい臓器を作ることも可能になっている。しかし、これはそれとは違う。

死んだのではなかった。あの水槽に浮く肉塊こそ僕自身なのだ。

しばらくの間、声も出ませんでした。手術室での富田教授と山下准教授の会話、その後の長谷川や谷崎、吉岡の会話が次々と僕の精神《こころ》を流れ、それまでの疑問と空白を満たしていきます。

僕は大声で叫びました。何てことをしてくれた。驚きから怒りへ、そして悲しみへ。すべてを破壊してしまいたい暴力的な衝動と深い絶望が一気に押し寄せてきます。その止めどない感情の奔流《ほんりゆう》に巻き込まれるように、僕の精神《こころ》は激しく揺れ動きました。恐怖から逃れようと目を閉じました。しかし眼前にあるのは、変わらない闇。

どのくらい経ったのでしょう。僕は叫び疲れ、泣き続ける気力さえなくしてしまいました。

悲しみ、嘆き、落胆などの負の感情をかきたてる感情中枢は、大脳皮質の前頭葉《ぜんとうよう》にあります。前頭葉からの信号は脊髄を通り、連合神経路を経て運動神経に伝えられる。それが涙腺を刺激して涙を流し、泣き声を上げ、脈拍を速め、顔の筋肉を崩し、喉や指先を震わせて悲しみを表現するのです。

しかし今、僕の悲しみは肉体に何の変化ももたらさない。涙を流す目も、泣き声を上げる喉や口も、怒りを表現する顔も声も手足すらもない。あるのはただ灰色の塊。悲しみに溢れた約一五〇〇グラムの肉塊が、頭蓋内を模した水槽の中に浮いているだけなのです。

信じられないほどの長い時間がすぎた気がします。

わずかながら冷静さを取り戻すことができました。相変わらず闇の中に浮いているだけですが、少し慣れたようです。記憶の中でただ頼りなく揺れ続けていた足元も、多少はその位置が定まったようでした。

僕は自分の実体を探ろうとしました。

何もない、ということは分かりすぎるほど分かっていましたが、やはり信じたくなかったのです。手を伸ばし、頭、顔、足、どこでもいい、身体の一部に触れようとしました。だが、できない。腕を上げ、手で顔に触れるのですが、顔がない。ですが、顔は確かにそこにあるはずなのです。

何時間繰り返したでしょう。いや、ほんの数分だったのかもしれません。諦めました。肉体の存在を感じるだけで、何もないのは分かっています。僕の肉体は既に火葬され、一握りの灰と骨になっているのです。

自分が闇の中に浮かぶ意識の塊にすぎないと思うと、再び恐怖にとらわれました。今度は懸命に目を開け、闇を見つめて恐怖に耐えました。

その時、あることに気付きました。それは一定の時間をおいて、かすかに聞こえます。闇にばかり気を取られ、重大なことを忘れていたのです。あの音、あれは何だ。

部屋の中を思い浮かべました。何秒かごとに聞こえる、小さな鐘《かね》を叩くような、透明で優しい音。聞いたことがある。そうだ、あの夜、事故の夜も秋子を待つために、誰もいないこの研究室でソファーに座って聞いていた。水道の蛇口からたれる水の音。部屋の隅にある水道のパッキンが甘く水滴がたれているのです。

他にも聞こえる。意識が戻って以来、僕の脳を震わせ続けている音。確かに音と呼べるものなのです。振動にも似た、身体をなでるような響き。

音を聞くというより、感じるといった方が正確かもしれません。精神《こころ》を鎮《しず》めると単調な電子音さえ一つ一つ違って聞こえます。おまけに長谷川や谷崎の声まで聞いていた。

消え去った五感、視覚、聴覚、嗅覚、味覚、触覚のうちで聴覚だけが残っている。不可能だ。あり得ないことです。しかし確かに聞いている。

音は鼓膜の振動によって伝わる。振動は耳小骨《じしょうこつ》で増幅され、内耳の器官を浮かせているリンパを振動させる。振動はうずまき管の中の膜に伝わり、その刺激が聴神経によって大脳の側頭葉に伝えられ、音として認識する。

しかし今の僕には、音をとらえるのに必要な器官、聴神経、鼓膜すらもない。音を聞くということは、あり得ない。では、今聞こえているのは何だ。

僕の横には三つの水槽が並び、三つの脳が入っているはずです。

００３がヤギ、００６がサル、００８がヤギ。番号が抜けているのは実験に失敗したか、計画的に生命維持装置を止め、解剖したものです。どれも脳波の停止を確認しました。つまり脳死、完全な死を意味します。

００３のヤギは一年八ヶ月生き続けています。ただ長期に生かすことだけを目的に実験を続けているのです。水槽内に頭内と同じ環境を作り、大脳、小脳、間脳、中脳、橋《きょう》、延髄《えんずい》を生かし続ける。脳を傷つけることを極力避け、情報は主に脳波に頼っています。

００８のヤギの脳には脳波以外に各部から分泌される分泌物の変化を調べるため、細い針が十本近く刺さっています。わずかな脳内の電流変化から、脳内部の状態を読み解く。僕たちは脳内各部の微妙な変化を読み取る測定器の開発も行っているのです。ここで開発した新しい方法も使用されています。

実験を始めて半年余りですが、灰白色だった脳は電極と針を埋め込んだ箇所が壊死《えし》して黒ずんでいます。果たしてこの脳は痛みを感じているのでしょうか。痛みにのたうっているのでしょうか。また、孤独を感じているのでしょうか。それともすでに恐怖に狂い、一切の感情は死に絶えているのでしょうか。

実験中に考えたことはありましたが、神経組織のすべてを切断し、医学的に苦痛はないと判断してきたのです。

そして006のサル。

霊長類の脳を生かす。医学の意義が最終的には人間の命を救うことにあるとすると、医学に関するあらゆる試みは人間に戻ってきます。僕を中心に何年も前からその準備を進め、すでに初期的な技術は確立しています。

しかしそれを人間に実行することは不可能だと分かっていました。人間から脳だけを取り出し生かすことが、人道的に許されるでしょうか。僕たちは何度も話し合いました。技術的な問題、法的な問題、宗教的な問題、人道上の問題についてです。

結論は出ていません。いや、出ていましたが認めたくなかったのです。

差し迫った問題としてとらえていなかったことも事実ですが、明確な答えなど出しようのない課題です。

しかし越えなければならない課題でした。いつか必ず現実の問題となって直面する、という危惧《きぐ》は研究室全員の中にあったと思います。いつか機会さえあれば……。そのチャンスが来たのです。僕であってもそのチャンスは逃さなかったでしょう。

009。そこに入っているのは——。

6

朝がきたようです。

僕の周りは靴音や話し声、器具のぶつかり合う音で溢れ始めました。

生きている世界の始まり。あわい陽光が輝き、春の暖かい風が吹き、鳥や動物が目を覚まし、一日の生活が始まるのです。

僕のかつての同僚たちも活動を始めました。

長谷川や谷崎も昨夜の疲れた重い声とは違い、若く、野心に溢れた生き生きした声で話しています。

闇から闇へ、静寂から静寂へ、時が移ろうことを忘れた僕の世界も、その物音を少しずつ吸収して生の息吹を感じることができました。

そのときドアが開き、荒々しい足音が響きました。足音は僕に近づき、止まりました。

「なんてことをしてくれたんだ。これが公になれば、私は終わりだ。直《ただ》ちに装置を止めるんだ」
富田教授の声です。必死で感情をおさえようとしていますが無理なようです。
「できません。そんなことをすると、本郷は死んでしまう」
谷崎の興奮に震える声が聞こえます。僕は啞然《あぜん》としました。彼が教授に逆らってい
る。彼を知る者にとっては考えられないことなのです。谷崎だけでなく、高杉や吉岡
の意見をまとめ、教授に伝えるのも僕の役目でした。
「死んでしまうだと。本気なのか。彼はすでに死んでいる。葬式では死に顔を見たし、
私は弔辞《ちょうじ》を読んだんだ」
「それは本郷の身体です。本当の彼はここにいる。彼の意識はここにあります」
長谷川が言いました。僕は驚きました。昨夜の迷いに満ちた声とは違って、確信に
溢れた力強い声です。沈黙が訪れました。
「やめて下さい」
突然、長谷川の鋭い声が響きました。そして複数の乱れた靴音。
「本郷が死んでしまう」
同時に、激しく揉み合う物音。荒い息遣いも聞こえます。再び沈黙が少しの間続き
ました。

富田教授が生命維持装置のスイッチを切ろうとしたようです。それを長谷川と谷崎が止めたのです。

「これが本郷かどうか、どうやって特定するんだ」

「ＤＮＡを調べれば分かります。これは本郷の脳です」

長谷川の冷静な声です。

またしばらく部屋から声が消えました。富田教授の荒い息遣いだけが聞こえます。

僕は必死で音を拾おうとしました。わずかの物音にも神経を尖らせました。やがて聞こえていた息遣いも静かになっていきました。富田教授も落ち着きを取り戻したようです。

「生きている証は――」

「脳波が出ています。彼の意識はこの中にあり、今も思考しているのです」

「誰がそんなことを認める。単なる脳の生体反応かもしれない。細胞だけが生きているとしたら。その可能性の方が強い。脳だけで生きてるなんて――どうやってその意識を引き出す」

富田教授も落ちつきを取り戻しましたが、かなり混乱しているようでした。

辺りはしんとなりました。教授の言葉通り、この灰色の塊が意思を持って存在していることを調べるなど――、できはしないのです。

「実験を始めてどのくらいになる」

「事故の起こった日からです。今日で十日です」

谷崎の声とともに再度沈黙が訪れました。

富田教授の驚きと困惑が僕にも伝わってきます。

「十日間、この状態で生きているのか」

富田教授の驚愕の声が聞こえました。やっと僕の存在を認めたのか。

「生きていると信じています。彼の脳は確かに活動しています。生理学的には生きている状態と同じです」

「データを見せてくれ」

「α波とβ波、血流に関する値、血液成分などすべてのデータを取っています」

「ただ細胞を生かしているだけかもしれない。すでに脳としての働き、思考と意識、さらに感情の創生機能は失っているかもしれない」

「我々もなんとかして、それを知りたいのです」

靴音と、装置を操作する音が聞こえてきます。パソコンのキーを打つ音も聞こえました。富田教授が自ら調べているのでしょう。

「我々はどうすればいいんですか」

谷崎が富田教授に問いかけました。

「今となったら続けるほかないだろう。装置を止めるということは、この脳を殺すということだ。つまり本郷を――。そんなことが許されると思うのか」

自分が装置を止めようとしたことなど、忘れたような言葉が返ってきます。

そしてさらに続けました。

「全力で生かすんだ。もし、死ぬようなことがあれば誰が責任をとるんだ。もし、この脳が人の脳としての機能を維持しているとなれば、それが止まれば殺人だ。ただし、これまでの経緯は私の知らぬことだ。すべての責任はおまえたちにある。今後のデータはすべて私に持ってくるんだ」

富田教授の感情を押し殺した声です。

「実験を公にするためには、大学の倫理委員会に諮《はか》らねばならない。しかし今申請すれば、却下されることは明らかだ。根回しが必要だ。私が許可を出すまでは、この実験室のことは内密にしておくんだ。君たちはとんでもないことをしてくれた。下手をすればマスコミに叩かれて、警察が乗り出してくることも十分に考えられる。分かったな」

かなり混乱しているようです。本当に知らなかったのであれば、当然のことでしょう。しかし僕にはそうは思えないところもあります。こんな大掛かりで重要な研究を行っているのですから。

かなり長い沈黙の後、靴音が聞こえ、遠ざかっていきました。

沈黙の中にも、ほっとした空気が広がるのが分かります。

「教授の言いそうなことだ。ここまでの責任は自分にはない。勝手に助教たちがやった。自分は仕方なくそれを引き継いだってことか。そのうえ、今後の成果は自分のものというわけだ。もっとも、うまくいけばの話だが」

谷崎の吐き捨てるような声です。

高杉の怯《おび》えた声が続きます。

「これから、俺たちはどうなるんだ」

「公になった段階で大学の倫理委員会が開かれ、マスコミが騒ぎ出す。だが、もう始めたことはどうしようもない。装置を止めることができないってことは、続けるしかないってことだ。しかし、これは医学上、大変なことだ。脳だけで十日間も生きているんだ」

長谷川がみんなを説得するように言います。たしかに、医学史上に残る素晴らしい成果なのです。富田教授はそれが分かっているから、装置を止めるのを思いとどまったのでしょう。

谷崎が問いかけました。

「失敗したらどうなる。彼が死んだら、俺たちは本郷を殺したことになるのか」

「だから失敗は許されない。本郷を生かし続けるんだ」

「やめてくれ。これで果たして生きていると言えるのか」

高杉の声が響きました。全員の目が彼に集中したようです。

彼は僕や谷崎の同僚ですが、いつも控えめで目立たない存在です。その彼が強い口調で言っている。

「死んではいないだろ。本郷の脳の損傷は今のところないんだ」

「呼吸も脈もないんだぞ。手足もボディーも。人としての感情もないんだ」

「そう言い切れるのか。記憶や思考の中心となるのは脳細胞だ。その細胞が健全だということは、本郷の脳はいぜん、記憶を持ち、思考を続けてるということだ」

長谷川の言葉で、再び沈黙が始まりました。

「β波が出ています」

沈黙を破ったのは吉岡でした。彼は去年研究室に入った一番若いスタッフです。来年三十歳になると聞きました。

部屋中の足音が窓際の脳波グラフへ移動するのが分かります。

「昨夜の九時頃から脳波がα波からβ波に徐々に変わっています。わずかな変化なので見落としていました」

「本郷のやつ、やっと眠りから覚めたな」

長谷川の興奮した声が聞こえます。

研究室は一時、騒然とした空気に満たされました。装置の周囲を行きかう音と共に、長谷川、谷崎、そして他のスタッフがお互いをたたえ合う声がします。

「本当に生きていたんですね」

吉岡が感嘆とも驚きともつかない声を出しました。

「当然だ。彼の脳は完全なんだ。大脳、小脳、間脳からの生理情報、いずれも正常値。そして我々の理論と技術と装置、すべて完全なんだ」

谷崎の声は昂《たか》ぶり、自信に溢れていました。特に我々のという言葉を強調しました。僕の前ではけっして使わなかった言葉です。

脳は思考、活動、記憶などをコントロールするもっとも重要な器官です。

大脳、小脳、間脳、脳幹で構成されています。脳の多くの部分を占める大脳は前頭葉、側頭葉、頭頂葉、後頭葉などからなり、体性感覚、視覚、聴覚、嗅覚、味覚、言語などの機能の中枢が分布しています。脳幹は中脳、橋、延髄でできていて、脊髄へと続いている器官です。

僕の脳は装置と結合された無数の血管により血液と栄養素が送り込まれ、各部の細胞は体内と同様な機能を有しています。ただ脊髄から先がないだけなのです。

「信じられませんよ。こんな状態で意識があるなんて」

「見ろ。彼のβ波は正常だ。彼は今目覚め、思考し、生きていることを確認しているはずだ」

「我々のことが分かっているのでしょうか。今、目の前にいるってこと」

「分かるはずがないじゃないか」

谷崎が吉岡に答える。

「彼には外部との接点なんて何もないんだ。光も音も匂いも感覚もまったくない世界だ。外部とは完全に隔離されたところにいる。真っ暗な宇宙を漂っているようなもんだ」

一瞬、華《はな》やいだ部屋に冷たい空気が流れたのを感じました。

「だが脳としては正常だ。思考も正常に行われているに違いない。自分が生きていることが分かれば、状況を理解することができる。この装置については彼が一番よく理解しているんだ」

長谷川の声も、落ち着きを取り戻したようです。

「まさか自分がこの装置に入るなんて想像もしなかったでしょうね」

吉岡がため息を吐くように言います。その時、高杉の声がしました。

「やはり許されることじゃない」

その強い口調に、スタッフの中には緊張が走ったことでしょう。

「苦しんでる。本郷は自分の運命を悟って苦しんでる」

「よせよ、そんなこと誰にも分からない」

谷崎が慌てて高杉をなだめています。

「きっと死んだ方がよかったと思っている」

しばらく沈黙が続きました。誰一人、身動きもしません。

やがて谷崎の諭《さと》すような声が聞こえます。

「高杉はまだ分かってないようだ。我々は最善を尽くした。だが本郷の肉体的損傷は余りにも大きすぎた。現在の医学では彼を救うことは不可能だった。だが、俺たちは彼を救う別の手段を持っていた。確かに早急すぎたのかもしれない。まだ研究中だという問題もあるし、計画自体が実験段階のものだ。手続き上の不備もある。しかし、俺たちは医師としてできる最善のことをやったと信じている。肉体は救えなかったが、魂を救った」

谷崎のこんな言葉は初めてでした。全員が無言で聞いています。

「本郷は医者だ。しかもこの研究室の中心だった。医学の何たるかは理解している。この実験が医学史上重大なものであることも。成功すれば医学の大いなる勝利であり飛躍だ。本郷もきっと我々を理解し、実験の成功を喜んでいる」

「本当にそうだろうか。俺だったら死にたくなる。いや死なせてほしい」

高杉の声です。愚直なほどに真面目な、彼らしい言葉です。

「植物人間と同じだ。生命維持装置につないで、ただ何ヶ月も、あるいは何年も生かしている。なぜ誰も異議を唱えないのか。それは患者が生きているからだ。その人の世界で生き続けている可能性があるからだ」

「まったく違う。植物人間は人間だ。いくら意識がなくても、人の形をしていて、手足も頭も胴体も心臓もそろってる。いつか目覚め、人として生きる可能性もある。それが人間なんだ」

「じゃ、この生命維持装置を人型《ひとがた》のロボットにして、その中に入れるか。それとも脳腫瘍で死んだ人の脳と交換するか。この脳は病気に冒《おか》されてはいない。健全な脳だ。それを生かすことのどこが悪い」

「何と言おうと、やはり人間とは言えない。これは犯罪と同じだ」

「じゃ、これは何なんだ」

全員の視線が僕に向けられたのを感じます。

「人間のパーツの一つだ。俺たちが患者の手や足や他の臓器を貴重な標本として保管しているのと同じだ。心肺停止した人間から、本来なら捨てられる脳だけを取り出して生かして保管している。それのどこが犯罪なんだ。アインシュタインの脳と同じだ」

二十世紀最高の頭脳といわれたアインシュタインの脳は、解剖した医師に盗まれ、そのスライス標本は世界各地の大学、研究所に保管されているという。

「本気でそう思っているのか」

高杉の珍しく強い意思を感じさせる声です。

「当たり前だ。心臓移植でもそうだ。死んだ身体から心臓を取り出して、他の体内で再び蘇生させる。俺たちは死んだ身体から脳を取り出して蘇生させている」

「脳は人間としての意識の中心だぞ。人は脳で考え、行動し、喜怒哀楽を感じている。

人としての意識は脳にある」

「誰がそれを証明した。古代の人間は心臓こそ、人のもっとも重要な器官だと信じていた。生《い》け贄《にえ》だって、人間のいちばん大切な臓器、生きてる証となる心臓を捧げるんだ。脳を捧げるなんて聞いたこともない」

「見てください。β波が始まった直後を。ひどい動揺が見られます。二時間近くも続いているし、同じような乱れは何回もあります。本郷さんは苦しんでいるんじゃないですか」

吉岡の声です。β波のデータを解析していたのでしょう。

「そうかもしれん。しかし今は正常だ。他のデータには変わりはない。彼は自分の状況を理解したんだ。そして受け入れている」

「僕にはそうは思えない。彼は苦しんでいるんだ」

「疲れているんだ、高杉は。昨夜飲みすぎたんだろう。今更しかたないんだ。死ぬよりましさ。脳だけでも残ったんだから」

谷崎がしきりに高杉をなだめています。

「違う！」

高杉が強い口調で言い切りました。

「やはり僕たちは間違っている。こんなこと、やるべきじゃなかった。本郷は生きているんだ。いや、生かされている。きっと僕たちを憎んでいる。これは殺人よりも、もっと罪深いことだ。僕たちは本郷から人間として生きることと尊厳を奪った。こんな実験なんて、こんな生かされ方なんて本人にとっては拷問《ごうもん》にすぎない」

高杉の声は途中から震え始めました。

「よせ。そのくらいでいい。おまえは疲れている。実験を始めてから十日間、ほとんど休む暇がなかったからな。おまけに、おまえは本郷のことを買ってたから、ショックも大きかったんだ」

「僕たちは――」

高杉が言おうとした時、その言葉を遮《さえぎ》って、長谷川の声が聞こえました。

「さあ二人とも、もういいだろう。実験の第一段階は成功だったんだ。問題はこれからだ。いかに長く生存させることができるか。いかに多くの有効なデータを集められるか。これから、おまえらの力が大いに必要だ。俺がアメリカにいった後、本郷と一緒にやってきた経験と知識を大いに見せてもらおうじゃないか。本郷がもっとも喜ぶことだ。さあ、持ち場に戻れ。やることは山ほどあるんだ」

長谷川の言葉を合図に会話は途切れ、各自持ち場に戻っていく気配がします。

僕は混乱していました。彼らの会話を聞いて自分の置かれている立場が明確になると、どうしていいか分からなくなったのです。何をするべきか。しかし何もすることはできない。ただ考え続けることしか。

そして次第に、考える行為にさえ疲れてきました。僕の意識は次第に薄れていきました。

第二章　夏

1

どれだけの時が流れたのか、見当もつきません。

季節が変わりつつあるのは感じていました。出入りする者たちの声が多少なりとも明るくなりました。夏が来ているのかもしれません。

複数の笑い声が聞こえてきます。

研究室の仲間たちです。彼らもこの状態に慣れてきたのでしょう。何かを食べながら話しています。ビールを飲んでいるのかもしれません。そうであれば、今は夜。これまでとは違い、余裕が感じられます。

高度なクリーンさを要求される遺伝子や細胞を扱う研究室とは違い、ここでは実験の区切りやメンバーの誕生日などには、ささやかな飲み会が開かれたものでした。ワインやウイスキーをビーカーに入れて飲むのです。そして自分たちの研究や未来について話し合いました。しかし、現在のような状況を誰が想像したでしょうか。

「警察はトラック運転手を起訴したそうだ。田辺信司《たなべしんじ》二十五歳」

高杉の唐突な言葉です。

「当たり前だろ。居眠りして突っ込んできたんだから」

「本郷もなんで避け切れなかったんだ。ブレーキの痕《あと》もなかったんだろ。あいつ、運動神経はいいはずなのに」

「結婚式前で浮かれてたんだろ。それとも二人で何かやってたか」

谷崎の笑いを含んだ声です。

彼はどうやら秋子のことが好きだったようです。今考えると、折に触れて気に障ることを言っていました。

「優秀な医者を殺したんです。死刑になればいい」

吉岡の強い口調の声が聞こえてきます。驚きました。温厚な彼にしては過激な言葉です。

「酒も飲んでない。過去に大きな事故も起こしてない。ただ今回、ほんの一瞬、居眠りをしてしまった。過失運転致死傷罪。懲役七年ってところだ」

僕の脳裏に、覆いかぶさるように迫ってきたトラックと運転手の顔が浮かんできます。目を大きく開き、茫然《ぼうぜん》とした表情をしていました。あの瞬間、彼は今後の自分の運命を悟ったのでしょう。

　僕はその運転手の顔を闇の中に描き、憎しみの言葉と精神《こころ》をぶつけました。男の不幸と破滅を願いました。

「真面目で妻子思いの青年だったそうだ。同僚たちも気の小さい慎重な奴だって言ってる。彼がそんな大事故を起こすとは、かなり疲れが溜まってたんだろうって」

「その運転手に見せてやりたいですよ。これがあんたの殺した本郷さんだって」

「意外と趣味の悪い奴だな。それに、殺しちゃいないだろ。本郷はここで生きている。意思を持ってね。ただ、コミュニケーションの手段がないだけだ」

「そうだよな。植物人間と同じだ。俺なら植物人間を選ぶけど。見た目は大事だ」

　谷崎は以前から脳はただの細胞の塊ではなく、意識を持った魂だと言っていました。ある意味、彼は正解だったのです。

「悪いのはその運転手ですよね。いくら仲間が彼はいい奴だと言っても、やはり死刑だ。優秀な医者を二人も駄目にしたんだ」

　吉岡が繰り返しました。

　優秀な医者を二人。一人は秋子のことを言っているのでしょう。だとすると秋子は死んだのか。彼らの会話の中では、秋子のことはほとんど話題にのぼらないのです。

意識して避けているように思いました。

「どうしたんだ。そんなにムキになって。おまえらしくないぞ」

「本郷さんが気の毒で。それに秋子さんだって」

今度ははっきりと秋子、と聞こえました。秋子の名が出たのは何週間ぶりでしょう。

僕は集中しました。

「たしかにそうだ。その若い運転手、分かってるのかな。自分が殺したのは人間の歴史を変えるかもしれない研究をやっていた、有能な基礎医学の研究者だってこと」

長谷川が珍しく感情を露《あら》わにした口調で言います。

「分かるわけないだろ。本郷はまだ一回の発表もしてないんだぜ。これで十年は――いや、五年は遅れる。日本初の心臓移植と同じだ」

「俺たちが引き継いだだろ。一年。一年で俺たちがやり遂げてやるさ」

高杉に続き、谷崎の声が響きました。やはりアルコールの入った声です。

僕は自分に視線が注がれているのを感じます。一年でやり遂げる、という谷崎の言葉に対して言いたいことは山ほどありました。おまえらには無理だ。しかし、それよりも今は秋子のことを知りたかった――その思いに反して、それ以上、彼女の名前が出ることはありませんでした。

単調な日々がすぎていきました。

憎しみの対象、生きる支えともなろうとしていた運転手の話も聞かれなくなりました。僕は記憶の中にその対象を探しましたが、それも時と共に溶け出すように薄れていくのです。

研究室への人の出入りが少なくなった気がします。

学生たちは夏の休暇に入ったのでしょう。

しかし、大学病院は逆に忙しくなるはずです。夏休みに入った子供たちが母親に連れられて診察を受けにくるのです。大学病院ですから、地域の医師の紹介状を持った、高度な検査や医療が必要とされる深刻な病気を抱えた患者が多いはずです。

この大学病院は小児病棟を持っています。

僕も医師になりたての頃、何ヶ月か受け持ったことがあります。

心労の多い病棟でした。子供たちの病状の多くは決して楽観できるモノではありませんでした。でも、子供たちに希望を捨てさせるわけにはいきません。

秋子は時間を見つけては、小児病棟のプレイルームに行っていました。長期入院や診察を受けに来た幼児が遊ぶ部屋です。

「私が診察で関わるのは子宮の中の赤ちゃんだけど、その後の姿を見ておくのも大切なことよ」

二人で公園を散歩しているとき、ベンチに腰掛け、ブランコや滑り台で遊ぶ子供たちを見ながら言ったことがあります。

「子宮の中の赤ちゃんは、閉じ込められているような気がするの。限られた空間、限定された世界に十ヶ月も。そんなの耐えられないって思うことがある」

「いちばん安心できる場所じゃないのか。きみはいつか言っていた」

「そうね。お母さんの子宮は胎児が発生し、育つ場所であると同時に、逃げ出したくなる場所であることも確か。子供は、っていうより生命は常に自立を目指してる。そして次の生命を残すことが使命。川を上るサケ、産卵に集まる海ガメ。セミは十年あまりも土の中でくらし、地上に出て子孫を残すと一週間ほどで死んでしまう。みんな生命をつなぐために生きている」

すべての生命は自己の遺伝子を残すために存在する。そのとき僕は、秋子らしくない古風な考えだと思ったものです。当時の僕は父との確執に悩んでいたからかもしれません。父からは、いずれ大学を辞め、彼の病院をつぐよう望まれていたのです。

秋子との思い出は秋子が悩みを話し、僕がそれを聞くというパターンが多かった気がします。秋子は生命を産み出す手助けをするという自分の仕事に誇りを持つと同時に、いつも悩んでいました。生と死に直接触れる機会が多かったからでしょう。

あれは、海に面したホテルの一室でした。

窓からは暗い海とその上に綺麗《きれい》な満月が見えました。

久しぶりに二人で食事をした後、今夜は一緒にいてほしいと秋子に頼まれたのです。

「今日、診察室に入ってくるなり、いきなり泣き出した患者さんがいたの。妊娠三ヶ月の妊婦さん」

秋子は僕の顔を見つめて言いました。

「町の産婦人科の女医さんに、お腹の胎児は死んでるって言われたんだって」

「セカンドオピニオンを求めに来たのか」

「そう。ご主人と一緒にね。お腹の胎児は動いてない、できるだけ早く死んだ胎児を出さないと母体が危ないって。胞状奇胎《ほうじょうきたい》だそうよ」

これは染色体異常により子宮内部にブドウ状のものが発生することです。処置としては子宮内掻爬《そうは》、つまり器具を使って子宮内の異物をかき出すことになります。

「可哀そうだな。でも仕方がない。母体を護るためだ」

「ところが、私がドプラーで調べたら、赤ちゃん、元気に動いてる。心音もはっきりしている。お母さんとお父さん、それを見ながら泣き出しちゃって」

「医療過誤か。あきれた話だな。それにしてもレベルが低すぎる」

思わず本音が口から出ました。

「驚いたのは私も一緒。今日の夕方に堕胎手術の予約を取ってるって言うのよ。私の診断を聞いてから手術に行くつもりだったって」

秋子はため息を吐きました。

「大学病院に来なかったら、一つの命が失われてたってことか」

「私はその産婦人科を訴えるべきだと言ったけど、待ってくれって。上の二人の子供はそこで取り上げてもらったんだって」

「それとは関係ないだろ。訴えるべきだ。同じような間違いを犯《おか》させないためにも」

「そうはいかないのが日本流なんでしょうね。裁判をためらう風潮が強い。少しずつ改善されてはいるんでしょうけど。でも、病院を変えることは約束させた。二人が帰った後で産婦人科の友人医師に聞いたら、その女医さん、生まれるまで双子だと気がつかなくて、出産後、赤ちゃんが小さすぎて慌てて新生児科に搬送したこともあるんだって」

秋子は寂しそうに言いました。

「掻爬手術で出てきた赤ちゃんがしっかり人の形をしてたらどうしたのかしら、その女医さん。そのまま殺してしまうの。それって完全な犯罪、人殺しよ。なんだか気が滅入《めい》っちゃって」

「きみは殺される運命にあった一つの命を救ったんだ。それだけを考えればいい」

「きっとその女医さん、同じような間違いを過去にも犯してるはず。そして今後も犯すはず。絶対にこのまま放っておくべきじゃない」

秋子には珍しく強い言葉が返ってきます。

「その女医さんだって、無事に取り上げた命の方が何百倍も多いはずだ。ほんの一部の誤診のはずだ」

僕は心にもないことを言いました。医者が誠心誠意、全力を尽くしても救える命と救えない命があります。医者は神ではないのです。だから、救える命に対しては絶対にミスがあってはならないのです。

「でもあまりにひどい誤診。医者とは言えないような」

秋子は力なく言って視線を窓に移しました。

遠い昔、闇の中に消えそうになる秋子との思い出の一つです。

　夏休みに入って、一週間がすぎたころでしょうか。部屋が慌ただしくなっています。

「教授はどうするんだ」

「山下准教授に任せてる。准教授は俺たちに任せると言ってる」

「結局、面倒なことは最後は俺たちに来るんだよ」

　谷崎の声と共に高杉たちの言い争う声が聞こえました。

「しかし、なんで研究室に刑事が来るんだ。本当にそう言ったのか」

　長谷川の声で、言い合っていた声が引いていきました。

「大学の事務局に電話があって、事故の被害者の関係者に話を聞きたいそうだ。できれば被害者の職場でお願いしたいって。心配するな。この研究室を調べに来るんじゃない。俺たちに本郷の話を聞きに来るだけだ」

　谷崎は努《つと》めて冷静な声を出そうとしていますが、やはり動揺が感じられます。

「だったら、俺たちを警察に呼べばいいだろ。普通、そうじゃないのか。任意出頭ってやつ」

　高杉の興奮した声が聞こえます。最近、彼のこんな声を時おり聞きます。僕の高杉のイメージは真面目で実直、静かな男なのですが。

「研究室に来るって刑事が言うんだから仕方ないだろ。それに、本郷についての話って何なんだ。被害者について何が知りたい」

　刑事が来るということは、僕の事故についての話でしょう。だが、あれは明らかにトラック運転手の居眠り運転が原因です。それは本人も認めています。僕は制限速度内で走っていた。

「そんなにムキになるな。本郷の車のブレーキについて聞きたいらしい。道路にはブレーキの痕がなかったらしい。ブレーキを踏まなかったのか、踏んだがブレーキが効かなかったのか。効かなかったとしたら、なぜ効かなかったのか。いずれにしても俺たちには関係ないことだ」

　谷崎が高杉をなだめるように言う。

「相手がセンターラインを越えて突っ込んできたんだ。ブレーキを踏む時間なんてないだろう。それともブレーキに何かあったのか」

「被害者がどんなところで働いてたか知りたいとも言ってるらしい。大学病院の研究室なんて、ストレスがたまる職場と思ってるんじゃないの。今回の事故とは関係ない話なんだけどな。それとも単なる興味かな。基礎医学ってどんなことをやってるんだろうって」

「絶対にここに入れるべきじゃない。俺たちを疑ってるんだ」

高杉の声です。かなり興奮しているのが分かります。

「なにを疑うって言うんだ。一人死亡、一人重傷の大事故だったんだ。車なんてグチャグチャ。鉄クズ同然になった写真を見たよ。誰だって即死だって思うぜ。それがしばらくは生きてた。どういう状態だったか、ただ話を聞きたいだけだろ」

「本郷は昔からしぶとかったからな。将棋だって絶対に負けたままじゃ終わらなかった。勝つまでやるから、最後に勝つのはいつもあいつだった。みんな根負けして勝たせてやるんだ。本郷は知ってたのかな。勝たせてもらってたこと」

長谷川の落ち着いた声が聞こえます。彼の声は周りを和《なご》ませる響きを持っているようにさえ思えます。高杉も落ち着きを取り戻したようです。

「知ってるだろ。バカじゃないんだから。しかし勝ちは勝ちだと思ってたんじゃないか。そういうところがあったから」

「案外、分かってなかったりして。意外と世間知らずのところもあったし」

一人が立ち上がって僕の前に来ました。じっと見つめている気配がします。

確かに僕には負けず嫌いなところはあるのですが、勝たせてやったという長谷川の発言は正直、納得できない。僕も何度か、彼らに勝たせてやったことがあるのです。

「これ、どこかに隠そうぜ。隣の部屋なんてどうだ。しばらくなら、ここから出しても問題ないだろ。電源さえあれば装置は動かすことができる。こいつの気分転換にもなるかもしれないし」

これ、こいつ、とは僕のことでしょう。

隣の部屋というのは物置きです。古い実験装置や測定器が置かれています。

「バカ言うな。配線は動かさない方がいい。ここに置いておけばいいさ。ピンを隠すなら干し草の中って言うだろ。同じような装置が並んでいる。中身も大して変わらない。ただしプレートを外すのを忘れるな」

「刑事だって、本物を見たことはないだろ。素人が見ればみんな同じに見えるさ。サルやヤギの脳ミソの区別なんてつきゃしない。もちろん、人間のものもだ」

「その通りだ。みんな、何そんなに慌ててるんだ。俺たち、やましいことなんてしてない。そうだろう」

谷崎の同意を求める声が響きます。

「おまえが一番だろ、びくついてるの。刑事だろうと来たけりゃ来ればいい」

「ただ来るだけじゃない。当然、準備してくるぜ。脳についての勉強なんか」

みんな勝手なことを言い合っていましたが、谷崎が突然、笑いだした。

「何をバカ言ってるんだ。まるで、俺たちが本郷を殺したみたいじゃないか。俺たちは本郷を生かしてやってるんだ。ナチスの生体実験じゃあるまいし。感謝されてもいいくらいだ。さあ、さっさと仕事に戻ろうぜ」

谷崎の声で雑談の声は引いていきました。各自の仕事に戻る靴音がします。ナチスの生体実験。その言葉は僕の心に刻まれました。まさに、その通りかもしれない。僕には今のところ肉体的な痛みはありません。しかし他の痛みはあるのです。人としての精神《こころ》の痛みです。

最近、ふと感じるのです。もし僕が彼らの誰かと立場が逆だったら。彼らの誰かが事故にあって、僕の前に連れて来られたら。僕は同様の行為を行い、装置の中に浮かぶ脳を冷静に見つめていられるだろうかと。

2

翌日の午後、僕は聞き覚えのない足音を耳にしました。

足を踏み出すときにかかとを少し強く床に打ちつける足音。体重のかなりある大柄な男です。そして背後に続くのは、小柄ながら動きの鈍い男です。この二人が、昨日話題に上っていた刑事なのでしょう。

「私は久保《くぼ》山《やま》。そして、こいつは山田」

よく通る太い声が響きました。

「ここが本郷秀雄《ひでお》さんの仕事場ですか」

落ち着いた、多少人を食ったような横柄な口調です。

その横に男が一人近づいていきます。靴音は谷崎です。

「実験室です。仕事と言えば仕事ですが。たしかに給料をもらってます。薄給ですが」

「なにをしてるんです、これらのものを使って。中に浮いているのは脳なんでしょう」

立ち止まって見ている気配がします。声は僕の右から聞こえる。見ているのは入り口に近い位置にある、ヤギの方でしょうか。

「そうです。ここは脳神経外科だから」

「脳は本物を何度か見たことがあるんです。もちろん人間のですよ。最初はマンションから飛び降りた女のものです。頭が割れて脳が飛び散っていました。私らはそれらを手で集めてビニール袋に入れました。鑑識に届けなきゃなりませんからね。強くつかむと崩れそうでね。もちろんビニール手袋は着けました」

　大柄な男の声だと思います。声が身体とよく共鳴しています。

「二度目は拳銃で撃ち抜かれた頭です。暴力団どうしのトラブルでした。犯人は拳銃をほとんど相手の頭につけて、引き金を引いたんです。頭が半分吹き飛んで脳が見えてました。あとは、やはり自殺だったかな。鉄道事故もありました。飛び散った身体を火ばさみで集めて回るんです」

　物音ひとつしません。全員が刑事の話に聞き入っている。

「そんなに驚いた顔をしないでください。刑事という職業は意外と様々な人生体験ができるんです。お医者さんだってそうでしょう。でも、こういうまともな形をしてるのは初めてかな」

「脳なんてみんな同じようなものです。似たような形と色。匂いがあるとすれば、やはり同じだと思いますよ。ただ、種によって大きさと形は多少は変わりますが」

　応対しているのは、谷崎です。

　慌てている様子が伝わってきます。刑事に脳の話をされるとは思っていなかったのです。ましてや本物の人間の脳を見たことはおろか、触ったことがあると言われるとは想像もしていなかったのでしょう。

「これって、生きてるんですか。それとも――」

「久保山さんは本物を見たことがあるんでしょう。血流も正常です。脳波も出してます。このヤギの脳なんか半年以上生きてます」

「これで果たして、生きてると言えるのかね」

久保山の呟きのような低い声が聞こえました。

「じゃ、死んでると言うんですか」

突然、吉岡の声が聞こえました。かなり強い口調の声です。

「これらの脳は脳波を出してるんです。正常な脳波です。生きている証拠です。脳細胞は正常に働いている」

普段はおとなしくボソボソと話す吉岡の声が、しだいに大きくなっていきました。周りの者の驚いた顔が浮かびます。

「落ち着いて。あんたらの言う生きてるってことと、私らが考える生きてるってことに隔《へだ》たりがあるんです。私らにとって生きてるということは、話しかければ言葉が返って来るということです。しかし、これはどうですかね」

「生に対する我々の定義は、細胞が活動しているかいないかです」

「分かりました。ここにある脳は、生きているということにしましょう」

「本当に、みんな生きてるんです。動きはしないが、いい色をしてるでしょう。形だって正常だ。脳本来の色と形です」

久保山の言葉に、吉岡は次第に冷静さを取り戻しました。

「ところで、死亡した本郷さんはここで何をやってたんですか。ネットで検索すると、本郷さんはこの大学医学部の職員。講師でしたね。職業の欄に〈医師、脳神経外科。基礎医学〉とありました。論文も多いが、私にはチンプンカンプンです。医者になるだけでも大変そうなのに、最先端の研究をしておられる。私らの想像がつかないくらいに賢い人らしい。具体的に何をやってたんですか」

「脳の研究ですよ。脳を頭蓋内に模《も》した容器に入れて生かす研究をしてるんです。もちろん、動物の脳ですがね」

久保山が再び水槽の前に立つ気配がします。

「これは何の脳ですか」

「ヤギです。その横が、サル」

「殺して脳を取り出すんですか。いや、それでは脳まで死んでしまう。じゃあ、生きたまま――」

「もちろん麻酔で眠らせます。生体から脳を取り出して、水槽に入れ、生命維持装置を装着する。血管の一本一本を人工血管に結ぶ。神経もそれなりの処置を施します。脳細胞の劣化は早い。一分一秒を争う手術です」

谷崎は淡々と答えている。

靴音が僕の横の水槽前で止まりました。大柄な刑事、久保山のものです。じっと見つめているに違いありません。

「これは何の脳ですか。他のより大きそうですが」

「大きめのヤギです。身体がデカけりゃ、脳だって大きくなります」

「じゃ、象の脳ミソなんて最高だな。そう言えば、クジラも哺乳類なんだ。でかいだろうな」

「いや、一定限度の大きさ以上に大きくなることはありません」

「そうでしょうな。私は身体はでかいが脳の方は平均すらあるかどうか」

久保山の笑い声が響きました。他の誰も笑ってはいない。谷崎と高杉の慌てぶりが手に取るように分かります。

「ところで、率直に言います。今日、私らがここに来たのは、被害者の本郷さんとみなさんの交友関係を聞くためです」

「なぜそんなことが必要なんです。事故と何か関係があるんですか。彼の事故は一方的にトラック運転手の過失だと聞いています。それとも何か他の原因があるとか」

谷崎の問いに、久保山は考え込んでいるようです。

「実は、本郷さんの車のブレーキオイルが漏れていた可能性があるんです。管が何らかの原因で外れたか、故意に外れやすく細工されていたか。それに、ブレーキ痕《こん》もないんです」

部屋中に緊張が走るのが感じられました。僕も闇の中で大きく目を見開き、大声を発していました。本当なのか、だったら誰が。脳が熱を持ち膨れ上がるのを感じましたが、実際には脳波にわずかな変化を与えたかどうかすら分かりません。

長い時間、誰も言葉を発しません。やがて、谷崎の声が聞こえました。

「事故原因はトラックが制限速度以上でセンターラインを越えて突っ込んで来たと聞いています。ブレーキを踏む時間なんてなかったんじゃないですか」

「人間は不思議なものでしてね。危ないと思ったらブレーキを踏むんですよ、反射的に。事故が避けられる避けられないの問題じゃない。本能です。身体が突っ張るんです。そしてそれは、必ずしも悪い結果にはならない。衝突速度はかなり落ちます」

「刑事さんは、研究室の誰かが故意にブレーキオイルが漏れる細工をしたというんですか」

「そうは言ってません。あれは事故です。対向車線を走ってきたトラックが突然、センターラインを越えてきた。これじゃあ、ブレーキを踏もうが踏むまいが避けようがありません。ただ、捜査はやっておかなきゃならないんです。本郷さんの交友関係と評判を知りたいと思いましてね」

「帰ってくれ。我々は忙しいんだ。そんなバカな話につきあっている時間はない」

突然、谷崎の強い声が響きました。

「気を悪くしたのなら申し訳ない。これが私らの仕事なんです。話を聞いて報告書を出さなきゃならない」

「何から話せばいいんですか」

長谷川の冷静な声が谷崎をなだめるように割って入りました。

「本郷さんの職場環境と、友人、仕事仲間との関係です」

「ここが本郷のいた研究室で、我々が仕事仲間です」

「みなさん、医者なんでしょ。賢い人たちだ。さらに、こういう難しい研究をしておられる。エリート中のエリートなんでしょう」

「医者だが実際に患者を診《み》るより、ここで実験をしている時間の方が長いですよ。ところで、あとどのくらいかかるんです。我々にも仕事があります」

「本郷さんの研究も見たし、みなさんにもお会いした。また来るかもしれません。そのときはもう一度話を聞かせてください」

数秒の沈黙がありました。長谷川たちは久保山の言葉に拍子抜《ひょうしぬ》けしたようでした。一瞬膨れ上がった僕の脳も冷静さを取り戻していました。

久保山が挨拶をしたようです。靴音が遠ざかっていきます。

「もうひとつありました」

声と共に靴音が戻って来る。そしてそれは、僕の前で止まりました。

「これはなんです。プレートがない。一番でかいヤギだなんて言わないで下さい。遺伝子を調べればなんの動物か分かるんでしょう」

「ウシです、雄ウシのものです。通常の実験動物以外の動物を使うとうるさいのでプレートは付けていません。あまり口外しないようにしています」

吉岡の生真面目そうな声が聞こえました。突拍子のない言葉でも彼が言うと、どことなく真実味を帯びて聞こえるのです。

久保山はしばらく僕を見ているようでした。

「ウシね。ヤギにサルにウシですか。どれもほとんど変わらないモノなんですな。おまえの脳ミソなんてサル並みだって父親によく言われました。父親は間違っていなかったわけだ」

再び、久保山の笑い声が響きます。

「これは黙ってて下さい。ウシの脳を実験に使ってたのがマスコミにバレると騒がれます。実はこのウシの脳を使った実験、我々の一存でやってるんです。教授や准教授にも話してません。たまたま後輩の一人が屠場の経営者を知ってて手に入れました」

「じゃ、その屠場に聞けばウシだと分かりますか」

「これも秘密にさせてくれませんか。内緒でもらいました。公になると融通してくれた人に迷惑がかかる」

「いろいろと秘密が多いんですね。実は私、屠場には行ったことがあるんです。ある事件がらみで。ウシを殺すときは苦しませないために、まず脳に――やめておきます。あまり考えたくない」

「大学の倫理委員会もマスコミを恐れてすごく厳しくなっています。下手するとこの研究室を閉じなきゃならない。そんなことになったら、脳医学は十年は停滞する」

「脳医学の停滞ね。心配しないでください。誰にも言いませんよ」

そして、靴音は今度は立ち止まることもなく出ていきました。

しばらくの間、部屋は沈黙が支配していました。

僕も全員の視線を感じながら、闇の中に久保山の言葉を描いていました。

「あの久保山っていう刑事、完全に疑ってるぜ。しかしウシはまずかったよ。調べればすぐに分かることだ。屠場なんていくつもないだろ」

谷崎が吉岡を咎《とが》めるように言いました。

「咄嗟《とっさ》に出たんですよ。他に答えようがなかった。でも、あれ以上何も聞かずに帰ってくれました」

「また必ず来る。今度は逮捕状を持って」

「いいかげんにやめろ。事故の原因は明らかなんだ。我々の誰が本郷の車に細工なんてすると言うんだ。刑事だって言ってみただけだろ。俺たちは自分の仕事をやっていればいい」

長谷川の言葉に谷崎と吉岡は黙りました。

しばらくして、長谷川の声がします。

「サル並みの脳ミソか。人間なんて、そうかもしれないな。DNAだってチンパンジーと人間では九十八パーセントが同じだからな。残りの二パーセントがサルと人間の違いを生んだんだ」

「やはりコレ、どこかに移した方がいいんじゃないか」

「どこに移せって言うんだよ。下手に動かすと死んでしまうぞ。それこそ本物の殺人だ」

谷崎の言葉に高杉が答えます。

「本郷は死んだんだよ。戸籍にだってそうある。こいつの身体はとっくに火葬されて、残ってるのはわずかな骨だけ。おまえだって斎場まで付き合った」

「しかし、いつまでこうしているんだ。すでに三ヶ月だぜ」

「本郷は、誰かに恨まれていたのか」

長谷川の声が聞こえると、周りの声が消え、張り詰めた空気に変わりました。

おそらく、全員が考えているのでしょう。僕を殺したいほど憎んでいる者がいる。しかも身近に。考えたこともありませんでした。

「本郷は昔から自信過剰で、自分勝手なところがある奴だったからな。敵も多かっただろ。みんなも知ってるはずだ。俺は分かってた」

谷崎の言葉でさらに緊張が増したようです。

「長谷川とは高校も一緒だったよな。おまえら、ライバルだったんだろ」

「高校の同期生なら他に三百五十人いる。それに事故のとき、俺はアメリカにいたよ」

「確かに、完璧なアリバイだ。刑事なんか恐れる必要なしか。だったら他に——」

「俺たち、なんでビクビクしてるんだ。刑事を恐れるほど悪いことしてるのか」

高杉が谷崎を遮りましたが、その声はどことなく勢いがありませんでした。

「そんなにむきになるな。ただ聞いてみただけだ。しかし、教授は何を考えてるんだろうな。倫理委員会にかけるってことは了承済みだろ。具体的に何かやってるのか」

「どうすればいいか考えてるんだよ。こんな実験、大学が認めるわけないだろ。あいつら、先進的な試みには百パーセント反対する。気にしてるのはマスコミと保身だけ。自分たちの手は絶対に汚したくない。下手するとマスコミに叩かれ、大学追放はおろか、訴えられる」

長谷川の声が聞こえ、さらに続けます。

「外国で何例もやられて、世界常識になったころにやっと承認する。だから日本の医学は、海外より二十年は遅れてる。石頭のうえ臆病なんだから、どうしようもない」

「爺さんばかりだからな。あとは高慢なおばさん」

「大学追放か。それですめばいい。悪くすると裁判にかけられ、医師免許を剝奪《はくだつ》される。これまでの苦労とつぎ込んだ金が泡のように消えていく」

高杉のため息とともに谷崎の声が続きます。

「もっと最悪は殺人罪で訴えられ刑務所行きだぞ。あいつら、ジェラシーの塊だからな。俺たちは年寄りには絶対にできないことをやってるんだ」

「最先端医療なんて善と悪と紙一重のところにあるんだ。なんせ、生と死を扱ってるんだ。そこを突き破って、初めて新しい医学は生まれる」

長谷川のこの言葉は昔も聞いたことがあります。こういう先駆的な考えが教授と衝突するのでしょう。

「あの刑事、本当は何を調べてるんでしょうか。調査の場所を間違っているんじゃないですか。今度来たら、死体置き場は地下の突き当たりの部屋だって言ってやるべきです」

今まで黙っていた吉岡の声がします。

「俺たちを疑ってるからに決まってるだろ。やはり、もうやめようぜ。こんな実験」

「黙れ、高杉。意気地《いくじ》のない奴だ。あと一週間で四ヶ月だ。大体、どうやめるっていうんだ。装置を止めることがどういうことか分かってるんだろうな」

「こういうことはいつかは知られる。そろそろ、変な噂が流れ始めている。近いうちに必ず、大学の倫理委員会の奴らが何をやってるか調べに来るぜ。その時のために言い訳を考えておいたほうがいいんじゃないか」

「変な噂って何だ」

「おかしな実験をやってるってことだ。分かってるだろ」

「俺たちのやってるのは良心的なことだ。放棄される臓器を使っているだけだ。それとも、おまえは身体と共に燃やしてしまったほうが良かったと思ってるのか」

谷崎の、いつになく強い声が聞こえてきました。誰も反論しません。

谷崎の言葉で周囲も平常に戻ったようです。言い合う声も聞こえなくなりました。

時おり計器を読み上げる誰かの声が聞こえるだけです。

自信過剰で、自分勝手な奴で敵も多かった――闇の中で谷崎の言葉が、こだましていました。

3

この日の夜、誰もいなくなった部屋で、僕は必死に考えました。

事故の日、大学病院の裏にある駐車場で車の整備をしました。

エンジンオイルをチェックし、プラグを取り替え、ブレーキオイルも調べたはずです。すべて異常はありませんでした。

　中学のころからバイクや車のメカが好きで、高校時代にはバイクに乗っていました。学内模擬試験で十番以内に入ると免許を取らせてくれる、そして一番になったらバイクを買うと両親に約束させて、その通りになったのです。両親は慌てましたが、約束だと言い切りました。ちなみに、そのとき初めて長谷川を抜いたのです。

　暴走族などとは程遠い勉強中心の学校生活でしたが、それなりに楽しいものでした。大学入学と同時に両親から金を借りて中古車を買いましたが、借金は二年で返しました。医学部の学生の家庭教師には求人が多く、時給が高かったのです。

　あのとき秋子と話していて、暴走してくるトラックに気付くのがほんのわずか遅れました。避けようとハンドルを切りましたが、避け切れませんでした。いや、ハンドルを左に切ったからこそトラックは運転席を直撃し、助手席の直撃はまぬがれました。しかしブレーキは——思い出せません。無意識のうちに踏み込んだとは思うのですが。

あのときの恐怖は——。

　いや、恐怖はなかった。ただ、これですべてが終わるという妙に落ち着いた気分でした。もう少し、長く生きたかった。両親や妹は悲しむだろう。そして、秋子を巻き込むことは耐えられない、という思いが一瞬でしたが頭の中を通りすぎました。不思議と研究のことは浮かびませんでした。普段からもっとも多くの時間を使って、考え続けていることなのですが。

秋子はどうなったのでしょう。刑事の口からも秋子の話は出ませんでした。

色々思い浮かべているうちに、落ち着きを取り戻すことができました。おそらく、脳波も平常に近づいたものと思われます。

ふと、僕の最大の敵は思い出かもしれないと考えました。しかし、それは最大の慰《なぐさ》めでもあるのです。僕はこれからも思い出だけにしか生きることができない。僕の生、それは思い出にすぎないのです。

昔の楽しかったことを思い浮かべるのは、心を和ませ単調な時間に対抗する方法ではありますが、大きな苦しみを伴うことでもあります。

檻《おり》の前に食事を置かれた犬と同じ。匂いを嗅ぎ、見ることはできるが、それは決して自分の口には入らない。いくら望もうと手に入れることはできない、絶対的な無力と絶望の存在を初めて知りました。

かつての僕なら、どんな努力、苦労をしてでも手に入れてみせると誓ったはずです。

しかし現在《いま》の僕は――。

再び孤独の中に取り残されました。

長谷川たちの話の内容から、すでに八月に入っているのを知りました。事故から四ヶ月以上がすぎています。

最初のひと月余りは二十四時間の監視体制がしかれ、四人のスタッフが僕を生かすべく最善を尽くしていました。そして段階的に緊急性が解かれて、常駐するスタッフも減っていきました。その間に、様々な情報が入ってきました。

僕の身体は谷崎の手によって司法解剖が終わった後、数日医学部に置かれ、火葬されたことも知りました。献体として使うには損傷が激しすぎたのです。

妙な気分でした。肉体はすでに炭素と酸素、その他の原子に分解され、空気中にばらまかれ、わずかな灰と骨とを残しているだけなのです。そして脳。本郷秀雄という実体は存在しないのです。しかし僕はここにいる。

肉体と精神《こころ》の分離。それは今まで死という形でとらえてきましたが、魂などは信じていませんでした。死は肉体の機能停止であり魂の消滅であると。肉体の機能停止、その意味では僕は確かに死んでいるのです。だが今、精神《こころ》は確かに生きている。それは思考という形で、脳の中に。

死に対して、僕は今まで無感覚すぎたようです。医学部に入学して十年余り、多くの死を見て、関わってきました。

医学生として解剖実習に始まる死者との出会いから、医者として死につつある患者との触れ合い、研究者として研究対象としての死。死は状況こそ違え、いつも僕の身近にあり、僕に話しかけてきました。

「人工呼吸器をつけますか」

「つけないとどうなりますか？」

「呼吸が止まり、同時に心臓も……亡くなります」

死は本人一人の死にとどまらず、多くの波紋を広げます。悲しみや喪失感だけにとどまらず、相続を巡るいさかい、過去の問題があらわれることもあります。死はいつも僕の隣にいて多弁でした。

だが僕は彼らの言葉に、どれだけ真摯《しんし》に耳を傾けたでしょうか。生者の驕《おご》りというのでしょうか、生は必ず死に行き着く。生と死は本来一体であるにもかかわらず、無意識のうちに死を自分自身から排除していたのです。

僕にとって死は、呼吸と心臓の停止に始まり、脳波の停止、あらゆる器官の細胞が活動を停止する結果にすぎなかったのです。そして人は、熱を失ない、動きが停止した一個の物体に変わり果てる。

精神《こころ》もなく意思もなく記憶もない。過去と未来、現在もない。時と共に醜く崩れゆくもの。精神《こころ》の消滅と同時に物理的な消滅でした。死とは無、無そのものであると信じていたのです。

それでは僕は何だ。何なんだ。

「認知症の進んでいく患者を受け持ったことがある。看護師の手助けで何とか普通に生活していた。そのうちにただ車椅子に座り、意識もなく、食い、排泄《はいせつ》し、眠るようになった。筋肉は衰《おとろ》え、寝たきりになる。やがて物を食う能力も衰え、自発呼吸さえできなくなる」

長谷川は僕を見つめて言いました。

まだ彼が日本にいた頃、ちょうど今夜と同じように静かな夜に僕たちはこの研究室のソファーに座っていました。

「その後は胃瘻《いろう》を施し、人工呼吸器が付けられる。自力では食べることも排泄も呼吸すらもできない、有機物の塊になっていく。それでも生きている。しかしそれを人間と呼べるのか」

「医学の進歩のなせる技だ。そうなっても人は生きている。生きたいと望む、望まないにかかわらず、細胞は分裂を続け、血流がそれを助けるんだ」

「そういうのを進歩とは言わない。医学は人の精神《こころ》より先に進んでしまった。昔の死は単純だった。自発呼吸ができなくなり、心臓が止まるとそれが死だ。あとは人々の心の中で生きるのみだ。我々は生と死について、もっと議論を続けるべきだったんだ。どこまでが生で、どこまでが死か」

「終わりのない議論だ。我が身や身内となれば、できる限り長い生存を望むのじゃないのか。生存の形や本人の意思は別にして」

人には二度の死があると言います。本人の死と、周りの人々から忘れ去られるとき。人は他者の心にある限り、生き続けている。

しかし「脳」としての存在はどうなのでしょう。閉じ込められた「意識」としての存在を誰が人として認めると言うのか。

長い間考えた後、長谷川が話し始めました。

「筋萎縮症《きんいしゅくしょう》だって同じだ。病状が進むと、やがて失明し聴力も失われる。全身の筋肉が動かなくなるので口もきけない。自分の意思も伝えられず、外からの働きかけも受け取ることができなくなるんだ」

長谷川は一時、難病に興味を持ち患者を支援していたことがあります。

筋萎縮症とは、全身の筋肉が徐々に萎縮する病気です。車椅子生活からベッドで寝たきりになり、意思疎通も、言葉を失ない、指先の動きから瞼《まぶた》による文字の指定へと制限されていきます。そして、最後は瞼さえ動かなくなるのです。

世界有数の理論物理学者のホーキングや作曲家のショスタコーヴィチ、毛沢東《もうたくとう》もこの病気でした。

「すべての意思疎通の方法が断たれたとき、死を望むか、生きることを望むかを患者二人に聞いた医師がいる。残酷な話だが周りの者にとっては大きな問題だ」

「それで患者たちはどう答えた」

「二人の意見が分かれた。生き続けることを望む者と死を選ぶ者。俺にはどちらかを選ぶなんてできないがね」

「閉ざされた自己であり、思考の塊。それでもいいんじゃないか。人には思い出がある。その中だけで生き続けるのも一つの生き方だ。だが、人一人を生かす、それには多くの他者の手が必要だ。金も時間も手間もいる。それに見合うだけの行為かという問題がある」

「関係ないね、本人にとっては。しかし――」

言葉が途切れました。現実と理想の間には多くの問題と隔たりがあるのです。

「どんな状態でも人はいつか死ぬんだ。それまでは生きることが使命だ」

「カナダだったかな。安楽死を選んだ女性がいただろ。末期癌《がん》で終末期には激しい痛みが襲うと診察された。それで自分が死ぬ日を決めて、それまで精一杯人生を楽しんだ。家族や友人もそれを認めた」

「それって、なんだか偽善を感じるな。死ぬ日が決まっていて精一杯なんて生きられるのか。まして楽しむなんて。日本の刑務所じゃ、死刑の執行はその日の朝に死刑囚に報《しら》される。死刑囚の死を待つ苦しみをなるだけ軽減するためだ」

「だったら懲罰にならないんじゃないか。死の恐怖を味わってこそ、凶悪犯罪の抑止力としての死刑制度が成り立つ」

「昔は執行日を死刑囚に報せてたんだが、死刑の前日に自殺した死刑囚がいたそうだ。死の恐怖に耐えられなかったんだろうな。それで、死刑は執行の日の朝に報せることにしたって聞いたことがある」

「死の恐怖に耐えられず死を選ぶのか。呆気《あつけ》ないというか滑稽《こつけい》というか――」

「朝、死刑囚は廊下を歩く看守の足音に耳をそばだてる。足音が自分の監房を通りすぎると次の足音を待つ。昼に近くなるとほっとするそうだ。これで今日一日生きのびられると」

「人はいつかは死ぬ。しかしその日時が決まるのはたまらないってことだ」

一瞬、沈黙が訪れました。異様なほど長い沈黙です。やはり人は、死は怖いのでしょう。

「日本じゃ年間三万人近くが自殺してる。一日に約八十人、一時間だと三人から四人が自ら死を選ぶんだ。この病院には生きたいと願っている人が何百人、何千人もやってくるというのに」

長谷川は言ってから深く息を吐きました。そのとき僕はなぜか長谷川の、人としての優しさを感じたのを覚えています。

僕は自分自身について考えました。死にたいと心底思っているのだろうか。こういう状態でも生きたいと願っているのではないのか。自分の気持ちすら分からなくなっているのに茫然としました。


刑事が来てしばらく経った日、聞き覚えのある靴音が聞こえました。

あれは――富田教授です。

おそらく、深夜なのでしょう。他の靴音も聞こえず、人の気配もしません。

靴音が止まりました。

僕の前に立ち、僕を見つめているのでしょう。

「四ヶ月か。実験は成功したと言えるのか。しかし、大学の倫理委員会に申告する状態でもない。マスコミに漏れれば収拾がつかなくなるだろう。即座に倫理委員会にかけられ、私は大学追放か。それとも、新しい医学の道を切り開いた開拓者として讃《たた》えられるか」

呟くような声が聞こえます。

「だが、学内におかしな噂が広がっているのも事実だ。今朝も学部長が私を見て、何か言いたそうな顔をしていた。刑事が来たというのも気になる。谷崎たちは、本郷の車の状態を聞きに来ただけだと言っていたが、それも気になる。いずれにしても早急になんとかしなくては——。といってもどうすべきか」

僕の周りを歩く靴音がします。

「しばらくは静観するしかないか。あいつら、まったく厄介なことをしてくれたな。しかし、医学上のすごい成果ではある。だが本郷自身は何を考えているのか。それとも、意識などないのか。どちらでもいいことだ。それを知る手段がない」

かすかに息を吐くと、富田教授は出ていきました。

4

かつての同僚たちが読み上げる数値や彼らの議論を、ぼんやり聞いていました。血圧、血液成分値、分泌物、脳圧、脳波……。今の僕にとって、その数値こそが自分自身であり、生きている証なのです。

しかしすべてが、無意味に思えました。それは個人を表すには余りに人工的で無機質なものです。

「闇」は心をえぐり、「時」は無言のまま通りすぎていきます。

精神《こころ》は悲しみと怒りと絶望に満ち、闇と同じくらい黒く塗り固められています。感情を殺し、冷静になろうと努めました。それには、気の遠くなるような時間が必要でした。そして時は静かに流れていきました。すでに四ヶ月がすぎているのです。

最初、あれほど張り切っていたスタッフたちの間にも、心の変化が出始めているようです。

「本郷もきっと苦しんでるぜ。死にたいと思ってるはずだ。すんなり死なせてやるべきだったのかもしれないな」

　これは高杉の言葉、話している相手は谷崎です。

「今さら何を言ってるんだ。すべては俺たちの連帯責任だ。一蓮托生《いちれんたくしょう》というやつだ」

「なんでこんなに、こそこそやってるんだって思うことがある。そろそろ公表してもいいんじゃないか。日本は、というより世界はあっと驚くぜ」

「教授が許さない。今、学内に根回ししてるんだろ。おとがめなしって分かってから公表する。自分の功績としてね」

「もう一度考える必要があるな。我々はどうすべきかって」

「当然のことをやってるんだ。本郷の研究を続けてるし、死んで焼かれるところを助けたんだ」

「助けただと。本気でそう思ってるのか。これで助けたって言えるのか。俺だったらお断わりだ。こんな姿を晒《さら》してまで生きていたくはないね」

　高杉の声が大きくなりました。彼は最近、以前より自分の意見をはっきり言うようになりました。

「おまえだって、これが生きてると認めてるんだ。だから、そんなにムキになる。本郷は確かに生きてる。この中で彼の意識は漂ってるんだ。ただ、光も音も匂いもなにもない世界だけど」

谷崎が高杉の声をはね返すように言います。そして続けました。

「これだって彼の臓器の一部に違いない。本郷は臓器移植の承諾も献体の意思表示もしてる。献体だと思えばいいんだ。俺たちは大学の研究室で臓器の一部を保管しているだけだ」

「昔、本郷と議論したことがある。人間の臓器でいちばん重要な部分はどこだって。俺は脳だって言ったんだ。脳死は心臓が動いていても死亡と判断される」

長谷川もいるのです。あの議論は、僕も覚えています。医学部に進んで三年目だったと思います。ちょうど子供の臓器移植のために、脳死判定が問題になっていたころです。

「本郷は何て言ったんだ」

「彼は心臓だと言い切った。心停止を人の死亡時刻にしてるだろうって」

「じゃ、これは死んでるのか」

視線が僕に集まるのを感じます。

「本来ならばね。心臓が停止すれば、身体のすべての器官が停止する。タイムラグはあるだろうけど」

「本郷は、脳が死んだって誰が判断できるんだとも言った。脳死判定なんて医者が作り上げた判断基準にすぎないって。それも脳と結びついてる身体の反応だけに頼っている。脳自体については誰も分からない。誰にも分からないものを基準にするより、誰もが分かるものを基準にすべきだと彼は言った。心臓の場合は止まると、脳の血流も途絶え、数分で死んでしまうとも」

当時、僕は悩んでいました。人の人たる所以《ゆえん》は何か。昔の人の多くは心臓をとりました。心臓にこそ精神《こころ》があると信じていたのでしょう。僕はちょうど脳の研究を始めたところで、外部から脳の生死を決めるのは難しいと思ったのです。活動を止めたときを脳の死とすればいいか。では眠っているときはどうなる。気を失っているときは。次々に疑問が生まれてきました。

「本郷らしい合理的な考えだ。彼は現実主義者だったからな」

谷崎の声です。

「しかし植物人間を考えてみろよ。最近、十年以上植物人間だと思われていた患者に、実はずっと意識があったという症例が出ている」

高杉は植物状態の患者に関わったことがあるのです。

「奇跡的に意識が戻った患者は周りの人間の言葉を聞いていたそうだ。ただ、それを伝える手段がなかったと言っている」

「俺も読んだよ。だがまれなケースだ。そんなの言いだしたらきりがない。覚醒後に作られた記憶かもしれない」

脳死と植物状態とはまったく違います。

植物状態は正式には遷延性《せんえんせい》意識障害と呼ばれ、患者は昏睡《こんすい》状態に陥り意思疎通ができなくなります。しかし、生命維持に必要な脳幹部は生きており、自発呼吸ができて脳波も出ています。

脳死は脳幹部が機能しなくなるため、自発呼吸ができず人工呼吸器によって生命維持が行われます。

植物人間に関しては、覚醒のために様々な試みが行われます。脳の電気刺激、薬物療法、本の読み聞かせ、根気よく話しかけたり、音楽を聞かせるということもその一つです。しかし、改善したという症例を僕は聞いたことがありません。

高杉が問いかけます。

「植物人間の場合、身体も脳も医学的には問題ないんだろう。いや、脳には問題があるのか。だから目覚めない」

「人間としての機能は備えているが、意識がないだけ。ちょっと不気味だな」

谷崎が僕に視線を向けたような気がします。おそらく、全員で僕を見つめているのでしょう。僕と植物人間といわれる人とを比べているのです。

植物人間――研修医のとき接したことがあります。

僕が病室に入ると、十六歳の少年は静かに眠っていました。眠っている、という表現が正しくないことは知っています。それはいつか目覚めることを意味するからです。しかし僕には、眠っているとしか見えなかったのです。

中学二年生のとき、体育で柔道の時間に投げられて頭を打ち、脳外科に運ばれ緊急手術が行われました。血栓《けっせん》が取り除かれ、手術は成功したそうです。しかし意識は戻りませんでした。

それからすでに三年が経っています。

母親は毎日ベッドの横に座り、語りかけ、本を読み、音楽を聞かせ、ラジオを聞かせ、テレビを見せていました。枕元にはCDプレイヤー、漫画、単行本、そしてシェイバーが置いてありました。

「息子は成長しているんですよ」

お母さんは誇らしげに僕に言いました。しかしその目は違う。わずかな希望を見つけ、それにすがろうとする必死さに溢れていました。

「事故から三年です。身長だってあの時から二十センチ近く伸びてるんです。髪も伸び、最近は髭も濃くなっています。私が剃ってやるんです」

そう言って横のテーブルに置かれているシェイバーを見つめた。

その時突然、動きを止めて思いつめたように息子を眺めました。

「この子は何を考えているんでしょうね。昔の思い出の中にだけ生きているのか、それとも私の話してることや読んでる本、つけているラジオやテレビから情報を得ながら、現在を生きてるのか。時々、不思議に思うんです。できることなら私がこの子の脳の中に入って聞いてみたい」

お母さんは目の前の息子に話しかけるように言いました。

「年に何回か、昔の友達が見舞いに来てくれるんですよ。息子がいちばん痩せてるけど、身長じゃ負けてません。父親も百八十センチ以上あるんです。弟もクラスでいちばんだし、きっとこの子も……」

お母さんの言葉が途切れました。そして、すがるような視線を僕に向けました。

「先生、この子が目を開けて私を見ることはもうないんでしょうか。私に笑い掛け、話し掛けてくれることはもうないんでしょうか」

「僕にも分かりません。でもいつか必ず――」

僕は戸惑って答えました。でも、次の言葉が出てこないのです。医師は、可能性のない言葉で患者や家族に希望を与えてはなりません。

息子の成長がお母さんの生きがいなのです。呼びかけても答えないが、自発呼吸があり心臓も動いている。髪も髭も伸び、肌は自分同様に温かい。

人の命は一人だけのモノではない。そのとき、僕は強く感じました。

医師は患者だけを生かしているのではない。患者の家族、親戚、友人たち、患者に関わる多くの人たちに希望を与えているのだ。願わくば叶えられる希望を。

「この子の見ている夢に私は出てくるんでしょうか」

僕が部屋を出ようとしたとき、お母さんがポツリと言いました。

やはり僕は答えることができませんでした。

僕が脳研究を続けようと決心したのは、この時です。

「本郷は研究に移る前、脳外科医志望だっただろ。彼は器用だったたし、頭もずば抜けてよかった。将来の教授候補だ。優秀な脳外科医から、なんで基礎医学に移ったんだ」

谷崎が問いかけています。相手は長谷川でしょう。僕のことは彼がいちばんよく知っているのです。

「ある患者の脳腫瘍《のうしゅよう》をいくら切っても、新たな腫瘍が出てくる。そしてあるとき、気付いたって言ってた。腫瘍も脳の一部じゃないかって。他の正常な細胞を殺してまで腫瘍が占領していく。いずれ本人の命を奪い、そうなれば腫瘍自体も死ぬことが分かっているのに。それは腫瘍が自分が悪者だと思ってないからじゃないのかって。ひょっとすると、何か特別な働きをするんじゃないかと思ったようだ。それで脳を調べようと決心したらしい。癌だって一緒なんだけどな」

「しかし、こんな実験にどうつながるんだ」

「知らんよ。本人に聞いてみろよ」

長谷川が水槽を、つまり僕を指している気配がします。

「長谷川さんはアメリカでも患者を持ってたんですか」

吉岡が問いかけました。

「何人かの患者に関わった。俺が担当したわけじゃないが」

「アメリカの医者って、なんだか冷たい気がします。癌の告知だって昔から簡単にしてたでしょ。患者自身が、自分の生死について客観的に見られるからですかね」

「アメリカ人はある意味、薄情だって思うときがある。死んだら遺体なんて、魂の抜けた物質なんだ。魂は神様のところに行ってしまう。だから彼らは身近な人が亡くなると、棺《ひつぎ》の前にいるより教会に行く。神と魂に会いに行くんだろうな。病院内に教会があるところが多い。教会で彼らは神と魂に向き合うんだ」

　長谷川の声とため息が聞こえます。

「そのため移植のドナーが多いんですね。遺体と魂は別物と思ってる」

「死んだら魂は肉体を抜け出して神の所に行く。だから遺体にはさほど執着は感じない。むしろ逆のような感じがしてたんだがね。彼らは棺に入れて埋める。日本じゃ火葬だ。執着していた肉体を最後は焼いて灰にする」

「日本も昔は土葬だっただろ。古墳も多いし」

「単なる土地の確保と衛生上の問題だ。深く考えることでもない」

　遺体と生体。人はある瞬間、まったく別のものとなります。その間を埋めるものは何もないのです。

5

　宇宙の創造を思うような単調で長い「時」がすぎていきます。

　時おり襲ってくる発作とも言うべき恐怖のたびに、全身が熱く膨れ上がるのを感じました。抑えようのない感情の高揚です。

悲しみ、寂しさ、苦しさ、怒り、絶望……。あらゆる負の感情が水槽に漂う小さな灰白色の塊の中に、湧き起こり締め付けてくるのです。

やめろ、やめてくれ！　もうたくさんだ！

僕は叫びました。力一杯身体をくねらせ飛び跳ねましたが、さざ波一つ立てることができないのは分かっていました。せいぜい脳波にわずかな変化を与える程度です。

そんなとき、一つの声を聞いたのです。

「なんとか、本郷に意識があるかどうかを確かめられないかな」

長谷川の声でした。彼が水槽の前に立ち、呟いたのです。

「ロシアの植物人間はどうしたんだ」

隣にいるのは谷崎です。

「ＭＲＩで脳の血流を測《はか》ったらしい。一定のリズムと感情の起伏が観測できた」

「意識があると分かったあとはどうした」

「それだけだ。ただし家族に希望を与えたことは確かだ。医師や看護師にもね。彼の意識はあるのかもしれないとね」

「植物人間だからできたことだ。人としての肉体はある。これじゃあな。どうやって

ＭＲＩに通すんだ」

しばらく沈黙が続きます。二人は考え込んでいるようです。

「脳内電流を測るか。どこの部分が活動しているか分かる」

「電極を刺すのか。痛そうだな」

「痛みなんて感じないよ。神経に刺すんじゃないんだから」

「何も感じないのかな。理論的には分かっていても信じられないんだよな」

「やはりもう少し様子を見てからだ。本郷の脳に電極を刺すなんてな。ヤギやサルとは違う」

長谷川たちは色々議論を続けています。

そして話が途切れたとき、谷崎の声が聞こえました。

「秋子さんはどうするんだろ。来月あたり退院するはずだ」

僕の精神《こころ》は乱れました。

秋子の話題が出たのは久しぶりです。事故の直後、生きているというのは聞いたことがあります。その後は何度か名前を聞いただけで、どうなったか知りません。みんな意識して避けているのでしょう。彼女はそれほど重体だったのか。

「医師を続けるんだろ。それしか、生きる道はないものな」

「続けられるのか。精神的にもまいってる。たとえ歩けたとしても、トラウマとして絶対に残るぜ」

歩けたとしても――。この言葉は僕の精神《こころ》に深く刺さりました。彼女はどうなっている。

「入院中もセラピストにかかっていたらしい。でも事故からもうすぐ六ヶ月だ。大丈夫だろ」

「無責任なこと言うな。あの身体《からだ》だ。おまけに彼女は――よそう、この話は気が滅入る」

谷崎が言いました。

秋子の身には他にも何か起こったのでしょうか。

「まだ当分はリハビリが必要だと聞いている。いいさ、ゆっくり休めば」

それっきり秋子の話はなくなり、新しく入ってきた女性看護師の話題に移りました。

しかし谷崎の言葉は、僕の精神《こころ》に鮮明に刻まれています。あの身体、おまけに彼女は――秋子はどうなったのだ。

秋子のことが気になりながらも時はすぎていきました。

できる限り外からの情報を聞き取ろうとしました。スタッフがいる間は起きていて、彼らの話を聞きました。

今の僕と外の世界を結びつけている唯一のもの、それは音です。

もう一度、音について考えました。

彼らは新しい装置を開発したのでしょうか。いや、そんなことはあり得ません。僕が実験の指揮を執《と》っていたときもそんな計画はありませんでした。第一、彼らの会話を僕が聞いていることに誰も気付いていないのです。

聴覚についての記憶をたどってみました。

空気を伝わる音の波はまず鼓膜を振動させます。鼓膜の振動は増幅され、それが聴神経への刺激として伝わり、脳が音としてとらえる。これが気導音です。しかし現在の僕には、鼓膜も聴神経もないのです。

その時、高校の物理で習った音の振動が頭に浮かびました。音波は水中も伝わるということです。音が水槽の液体を振動させる。その振動は、切られたまま延髄から露出している聴神経に伝わり、それを大脳が音としてとらえているのかもしれない。まわりの液体が鼓膜の役割を果たしているのです。だから水中を通ってきたくぐもった音として聞こえる。

それとも――骨導音。これは頭蓋骨を振動させて聞く音、ベートーベンが聞いていた音とも言われています。耳をふさいで声を出すと、聞こえるはずのない自分の声が聞こえます。

余りにとっぴすぎる考えである気がしました。しかしもしこの水槽が音の振動に共鳴し、中の液体によって増幅されれば可能かもしれない。

十分あり得るようにも、馬鹿げた考えのようにも思えました。やはり僕は死んでいて、彼らの声を聞いているのは僕の魂なのだ。そう考えるのが、一番現実的なのかもしれません。

混乱してきました。もうよそう、どうでもいいことだ。理由が分かって何になる。考えるのを諦めました。僕の脳は、半年近くたった今でさえ闇の中での思考に慣れていないのです。

誰かが入ってきた気配がします。ほとんど靴音を立てていません。

今では、靴音を聞くだけで研究室のスタッフなら誰だか分かるようになっていました。しかしこの音は――分かりませんでした。足音を殺した、ひどく用心した歩き方だったからです。

秋子か――。いや男の靴音だ。

誰だ、誰なんだ。僕は叫びましたが、もちろん答えはありません。

僕の前で立ち止まり、じっと僕を見つめています。

そして入ってきた時と同様に、部屋を出ていきました。

しばらくその靴音の主を考えていました。しかしその音も低い空調の唸りに溶け込み、消えていきました。同時に僕は浅い眠りに引き込まれていく。

第三章　秋

1

さらに何日かがすぎました。

夏の熱気と興奮がわずかに収まっています。

夏がすぎ初秋が来たようです。秋晴れ、運動会、虫の声、朝夕が涼しくなったという言葉がスタッフから聞かれるようになりました。

もう少し秋が深まれば病院の周りの木々は色づき始め、患者や看護師、医師たちの心を和ませることでしょう。僕も秋子とよく歩いたものです。朝の出勤時、不規則ですが昼の食事時、そして診療が終わって研究室に戻るときなど、ふと立ち止まって色づいた木々を眺めました。

しかし、もう見ることはできない。心には諦めが徐々に広がっていきます。諦め——。あの事故の日以来希望などあったのでしょうか。この世界から抜け出し、元の現実の世界に復帰する。あり得ないことですが、心の片隅に無意識のうちに、欠片程度の希望はあったのかもしれません。それがなければ生きてはいけない。

旅行に出たり故郷に帰っていた学生たちも戻ってきています。

僕にとっては、一年のうちでもっとも心落ち着く季節でした。

自分の人生については半《なか》ば諦めていましたが、秋子のことは気にかかっています。あれ以来、秋子の名前が聞かれることはなかったのです。しかし、来月あたり退院するはずだという谷崎の言葉は僕の心に残っていました。

彼女はすでに退院したのか。僕についてはどう聞かされているのだろうか。

いくら考えてみても、分かるはずのないことです。もう一度、秋子が話題にのぼるのを待つしかありません。

「闇」とはかなり親しくなりました。見えないということは、何か別の物が見えているのかもしれません。

過去の記憶を辿りながら、闇の中に人や建物や風景を組み立て、闇に溶け込もうとする精神《こころ》を呼び戻していました。秋子、父、母、妹、友人たち。

それも、じきに闇に飲み込まれ押し流されていく。しかし僕にはその繰り返ししかありません。単調な作業が過去と現在を結び付ける唯一のものだったのです。

耐え難い孤独にとらわれることもありました。

広大な「闇」が急激にせばまり、押し潰そうとする。逃げ場がない。闇の粒子が体内に入り込み、僕自身を闇に変えようとする。そういう時、僕はその手に身をゆだねます。このまま死へと導いてくれることを願いながら。

さて、もう一人の同居人、「時」は、なかなかしぶとい相手でした。

肉体が存在した頃は、これほど親しみやすい相手はいませんでした。彼は喜びを増し、悲しみを流し去り、苦しさを忘れさせ、希望の芽を育ててくれる友でした。常に僕と共に歩み、助け、力付けてくれたのです。僕は若く健康で、彼はそれをいっそう輝かしいものにしてくれました。

しかし今は完全にその手に囚《とら》われ、弄ばれているのです。闇の中で永遠とも思える時間と向き合っていると、精神《こころ》は底なしの穴に引き込まれ、急激な加速度で落下していく。

どこまでも、どこまでも。終わりなんてない。恐怖、不気味さ、孤独、焦り……。まさに、狂気と正気とが時間という今にも破れそうな薄膜に隔てられている。破れればいい、はやくこの苦しみから抜け出したい。念じ続けるのですが、やはり元の闇に引き戻されるのです。

このプロジェクトを立ち上げたとき、このような状況は考えてもみませんでした。生物の思考の源、その生物の存在の根源を、すべての付属物をとりはらい、よりシンプルな形で生かしたいと思ったのです。生物にとって、それは脳でした。

浅い眠りから覚め、その延長ともいえる闇の世界に漂っているのに気付く時、何度死を望んだでしょう。朝の明るい光を浴び、吹き抜ける風を素肌に感じ、すがすがしい空気を吸い込んだ時、人は初めて命を感じ生きる証を得るのです。しかしそれは、僕には望むべくもないのだ。

だがまた生には、永遠というものもあり得ないのです。この「時」の終わりは必ず来ます。有機体として存在している限り、避けられないことです。それは現在の「生」のほんの薄膜一枚隔てたところに存在しているのです。そしてその膜は微妙に揺れ始めている。

夜中にふと目覚めることがあります。

べったりと塗り込めた闇と静寂。そんな時、心に浮かぶのは秋子です。

あれは去年の十二月、鎌倉の彼女の実家へ送る途中でした。

「疲れた」

秋子は独り言のように呟きました。

しっとりと汗に濡れた身体を重ねながら、目は死んだように彼方を見つめているのです。

「ホテルになんか寄らずに、帰った方がよかったな」

「そうじゃないの。あなたといる時だけが心が休まる」

そう言って、今度は視線をはっきりと僕に向けました。

「私も研究室へ移ろうかな」

「臨床をやりたかったんだろ。学生の時から、女性の患者を女性の私が助けてあげるんだって言ってた。女性の本当の気持ちは女性にしか分からないって」

「その気持ちは今でも変わらない。でも現実は私が考えていたのとは違ってた。ねえ、今月堕胎手術を何件したと思う」

「考えたこともないよ」

「七件。出産は私の担当が十二件。殺した命が七つに、取り上げた命が十二。差し引きプラス五。何とか救われるのかな。数の上からはね。それが秋の半ばすぎには逆転する。殺す数の方が多くなるの。夏の後始末ってことね」

「そんな考えはおかしい。どう考えるべきかって聞かれると困るけど」

「おかしいと分かってるけど、考えてしまう。でも、誰かがやらなくちゃならないことだものね」

「医者の義務だ」

「本当にそう思っているの」

秋子は驚いた表情で僕を見ました。そのときの顔は今でも覚えています。

驚きの中に意外さの入り混じった表情。僕は思わず視線を外しました。

「この間アメリカから送られてきた映像を見たの。妊娠四ヶ月の胎児の堕胎手術よ。鉗子《かんし》で切り刻んで引き出すでしょ。もう手足もはっきりしているし、胎児は潰される瞬間に嫌々をするように頭の上で手を振るの。私は思わず目を閉じた」

「アメリカはピルを使うんじゃないのか。ピルで早産させる」

「今はね。昔の映像。あまりに衝撃的なので、ピルに切り替えたんじゃないの」

「日本もそうすればいい」

「そうなればきっと堕胎が増える。安易に堕胎するのには私は反対。これって矛盾してるね」

秋子は深い息を吐きました。

「いつもやってることなのにね。四ヶ月の胎児は十分痛みを感じるって説もあるのよ。

あなたはどう思う」

どう答えたかは忘れてしまいました。

おそらく、胎児の脳の発達段階には不明な点が多い。四ヶ月の胎児は脳も神経もまだ十分に発達していなくて、痛みも感じず感情表現もできない、とでも答えたのでしょう。

「堕胎が医者の義務だなんて、やはり医学の驕りよ」

秋子は思い出したように言いました。秋子にしては強い口調だったので、僕は少し戸惑いました。

「そういう意味で言ったんじゃない。妊婦の安全を考えると、どうせやるなら正規の医師がしかるべき施設でやるべきだと」

「分かってる。ただ私は思うの。人間が人間の生き死になんて決めることはできない。たとえ当事者自身の意思であってもね。そしてそれを行うのが、命を救うはずの医者だなんて。それができるのは神様だけ」

秋子の言葉が脳裏に浮かびます。僕のこの存在も神の意思だというのでしょうか。

そのときの秋子は異常に怯えた目をしていました。

僕には、秋子の気持ちがまったく分かっていなかったのです。

「赤ちゃんがかわいそう。だって何も知らないのよ。ただ、闇の中で眠っているだけ。一度も光を見ることなく闇の中に消えていくなんて」

そう言うと、声もなく泣き始めたのです。

子宮の中で眠る胎児。そのときは想像もできませんでした。しかし、何と今の僕に似ているのか。秋子が僕のことを知ったら、悲しみに胸が張り裂けるでしょう。

2

その日の夜、僕は秋子のことを思い、時の流れに身をまかせていました。

ドアが開く音とともに、聞き覚えのある声に僕の意識は闇の中から引き戻されました。

「谷崎さんはここで研究をしてるんですか」

柔らかだがイントネーションがはっきりした懐かしい声です。

「きみの兄《にい》さんもここで研究していた。これらの装置は僕と彼が作ったんだ」

「何か怖いところですね」

やはり、妹の宏美でした。しかし、なぜ宏美が谷崎とここに来る。

「兄《あに》はここで何をやってたんですか」

「何って、聞いたことはないの」

「昔、一度だけ聞いたことがあります。私には難しすぎるって言われました。話すのが面倒なんだろうと思って、以後は聞いたことはありません。兄は、聞いても分からない相手に説明するのは、時間の無駄だって思う人ですから」

「兄妹でもそうだったのか。彼は切れすぎたからな。頭が良すぎたんだ。それが冷たいって誤解されてた。しかし、きみも薬学部出身だろう。普通の人より医学関係の勉強はしてるはずだ」

「でも兄は、私の興味なんて考えたことはないと思います。私が製薬会社に就職したときだって、薬を売り歩くって思ってるようでした。研究所に入ったのに」

「本郷らしいな。彼には自分の研究しか頭にないところがあったからね」

「谷崎さんは兄と一緒にやってたんでしょ」

「人の思考の源を探ってた、と言うとカッコ良すぎるか。人の思考はどこで行われるか。脳か心臓か。きみはどう思う」

「脳じゃないんですか」

「そう。人は脳で考え行動する。だったら、心はなんだろ。心はハートマークで表される。ハートは心臓。これは間違っている。心臓は身体中に血液を送り出す身体の中心だけど、心ではない。じゃ、人を愛したり、憎んだりするのは脳の働きだろうか。単に脳の神経回路の働きの結果なんだろうか。それ以外の働きはないのだろうか。人間の心の本質を調べてる」

谷崎の気取った声が聞こえてきます。気障な奴だとは思っていましたが、彼のこんな話としゃべり方は初めてでした。

沈黙が続いています。宏美は考え込んでいる様子です。

「兄が亡くなったと聞かされたときは悲しくて、苦しくて、辛くて、気が狂いそうでした。母は体調を崩して、しばらく起きられませんでした。だから私が会社を一週間休んで家のことをやりました。まだ入社二年目だというのに。父は母がいないと何もできない人ですから」

「ご両親はストレスの結果だね。脳に生じる原始的な反応だ。心拍数の増加、血圧の上昇、食欲の低下などが生じる。脳の視床下部が刺激され、下垂体と副腎からホルモン分泌が促進される。最近は、大脳皮質前頭前野に影響し、精神機能を奪うことも分かってきた」

谷崎が医学用語を乱用して説明しています。自分が医者であることを強調したいのでしょう。

「脳がおかしくなるというより、心臓が苦しくなるって感じです。心って、やはり心臓に近いところにあるんじゃないかと思ったほどです」

「やはり女の子だ。女の子は大抵そう言う」

慣れた口調で言うと、谷崎の笑い声が聞こえました。

靴音が近づいてきます。小幅で軽い歩き方、宏美です。水槽をひとつ一つ見ているようです。

「これだけが他のとは違ってますね」

宏美の声は僕の前で聞こえます。宏美は僕を見つめている。

「同じだよ。他のよりも大きいのは、持ち主の身体が他のより大きかったから。何のものかは言えないけどね」

谷崎のほんの少し慌てた声がしました。

「そうじゃなくて、他にもっとどこか違う気がします」

「思いすごしだよ。まあ、どうでもいいことだけど。それより怖くないの。グロテスクなものだろ」

落ち着いた声に変わりました。人間のものとまでは宏美が気付いていないと分かったからでしょう。

「私たちの頭の中にあるものでしょ。正確には頭蓋骨の中。この中にいろんな知識や記憶が詰まっていて、考えたり行動したりするんですね」

「人や動物が生きてる証が詰まってる。生体の中心と言える器官だ。その他の臓器は脳を生かすための道具だと言ってもいい。心臓も単に血液を送り出すポンプだ」

「じゃ、これは今も何かを考え、思ってるんですね」

宏美は目の前の脳が僕であることなど想像もしてないようです。

「ひょっとして、こうなる直前に食べたものを考えてるかもしれないし、最後のセックスを思い出してるのかもしれない。サルやヒツジだって、いろいろやるだろ。子孫を残すためには必要な行為だ」

僕は谷崎を殴りつけたい衝動に駆られました。そもそも、彼が話していることは、僕や長谷川の受け売りにすぎない。

宏美、なぜこんな奴と一緒にいるんだ。

さすがに宏美は何も答えず僕から離れていきました。

「きみの兄さんと僕は、こういう研究をやっていた。僕は兄さんのためにもこの研究を続け、立派な成果を出すよ。だからきみも僕を応援してほしい」

黙れ谷崎、僕は叫びました。おまえのアイデアなんて何もない。ただ僕の指示に従って動いていただけだ。

「ここにいると兄さんを思い出して辛いだろ。お茶でも飲みに行こう。よかったら夕食はどう。兄さんも気に入っていた店に行こう」

「でも今日は両親が待っています。ありがとうございました。兄が何をやっていたか少しは分かりました。兄にもいい友だちがいて安心しました。両親に話すと喜ぶと思います」

「そう言ってくれると嬉しいよ。僕もきみを誘ってよかった」

「いつか家にも遊びに来てください。兄のことも話してください。母が喜びます」

しばらく沈黙が続き、二人は出て行きました。

もう宏美には来てもらいたくない。僕はそう強く願いました。今の自分を見られたくない。しかし胸は懐かしさではちきれそうでした。

翌朝、話し声で僕の意識は呼び戻されました。

高杉と谷崎の声です。

「本郷の妹を連れて来たんだって。バカなことやめろよ」

「彼女が、兄さんが何をやってたのか見たいって言い出したんだ」

「おまえが適当なことを言ったからだろ。だいたい何でおまえが宏美さんと一緒にいたんだ」

「本郷の妹に、これだけが他のと違うって言われたときはドキッとしたよ。やはり分かるのかな」

谷崎は高杉の問いをはぐらかして言いました。

「おまえは何て言ったんだ。バレると絶対にヤバいぞ。下手すると訴えられて殺人罪だ。遺体の冒瀆罪《ぼうとくざい》なんてあったのかな」

高杉の積極性は最近、ますます増してきたようです。言い返す声も時おり聞きます。この研究で谷崎を助ける機会が多くなったからかもしれません。その分自分に自信を持ったのでしょう。

「思いすごしだと言ったけど、何か感づいてるかもしれない。長いこと見てたから」

「ヤバいよ、絶対にヤバい。刑事に話したりしないだろうな。また刑事が来ていろいろ聞いてくるぞ」

「俺たちは兄貴の命を助けたんだ。恨まれる筋合いなんてない」

「助けただと。まだそんなことを言ってるのか。たとえ、十年生かせてもそれが何になる。本郷を苦しめるだけじゃないのか」

　高杉の強い声が聞こえます。

「そう言い切ることこそ、おまえの思い上がりだ。世の中、不条理で溢れてる。案外、本郷も孤独を楽しんでるかもしれない。誰からも邪魔されない本物の孤独だ」

「呆《あき》れたね。なぜそんなことが言えるんだ。自分がこうなったときのことを考えてみろ」

「俺はそれでも生きていたいね」

　谷崎が居直ったように答えました。

「あれで生きてると言えるのか」

「脳波を見ろよ。変化があるだろ。時間によって脳内の状況が違うのは明らかだ。彼は何かを考えてるんだ」

「だったら、俺たちはよけい大きな罪を犯している。人は人の姿で生きてこそ人だ。少なくとも第三者が、いま自分と対峙しているのは人間だと分かる程度にね。それで初めて生きてるって言える。俺たちは神の意思に反することをしてるんだ」

「神の意思だって？　急に信心深くなったんだな。神なんて信じてもいないくせに」

「生きてるってことは、痛みや苦しみや寂しさを感じることなんだ。夏の暑さだって、冬の寒さだって生きてる証だ。もちろん、喜びや悲しさもだ。喜怒哀楽の感情が消えてしまったら、生きてる価値なんかない。ただ、死ぬのが怖いから生きてるってだけ」

「そうじゃない。死んだら、そのすべてがなくなるんだ。完全消滅なんて誰だってイヤだろ」

「こんな状態で生きてるよりましだ。俺ならこういう状態にした奴らを憎む。つまり俺たちをね」

高杉の強い言葉に谷崎が立ち上がる気配がしました。

「自分だけいい子ぶるな。こうなったのは、俺たち全員の責任なんだ。今さら抜けようなんて思うなよ。虫がよすぎる」

「そんな気はない。ただ俺たちのやってることを正しく理解しておきたいだけだ」

「仲間割れはやめろ。もううんざりだ」

長谷川が二人の間に割って入りました。

「こいつが、長生きしすぎるんだ。もう半年を超えてる。いくら新記録を作っても、学会発表もできない。俺たちはコソコソ隠れて研究を続けているだけ。こいつにエサをやりながら」

谷崎が続けますが、かなり苛立った口調です。

僕は彼の言葉に驚きました。これが彼らの僕に対する本音なのか。

彼らは僕の扱いに困ってきたようです。日々の会話にもそれとなく感じることがありました。

「教授は色々手を回しているんだろ。しかし現状じゃ、具体的な話はできないからな。苦労してると思うよ。あまりに画期的すぎて反発は避けられない。マスコミなんて大騒ぎだ。人権団体だって乗り出してくるだろうし」

「しかし、そろそろ噂が広がってる感じだ。あの研究室ではとんでもなくヤバいことをやってるって。ただ話が想像を超えているので、誰も本気にしてないってのが真相なんだろ」

初めは単なる好奇心と僕に対するわずかな同情、そして野心から始めたことかもしれません。しかし、今回はヤギやサルとは違って、いくら生かしても学会で発表するわけにもいかないのです。それどころか、犯罪にもなることです。

さらにここに来て僕を見るたびに、人とは何か、生命とは——といった答えなど出そうにない重く深刻な現実と向き合わなくてはならないのです。

人としての最大のテーマについて考えざるをえないのです。生とは何か。死とは何か。さらに今回の場合、ヤギやサルではなく人としての生と死につながります。それは、僕の現在の姿が人間の本質である〈思考する細胞〉に他ならないからです。だが、この姿が果たして人間と呼べるのか――。

「いい加減に死んでくれよ」

「よせよ、そんなこと言うのは。ここまで来たからには、徹底的に生きさせよう。俺たちより長く。それが俺たちの務めだ」

長谷川の冗談とも本気ともとれる声です。しかし彼の優しさを感じさせるものでした。

谷崎もさすがに言いすぎたと思ったのか、それっきり黙り込んでしまいました。こうして、事故前まで仲間として、友人として接してきた者たちの生の声を聞いていると、各自の性格、本質が分かるようになります。同時に彼らが僕のことをどう考え、接していたかも考え始めました。今まで、自分以外の存在など真剣に考えたこともなかったのです。

3

「本郷俊介《しゅんすけ》医師を知ってるか」

谷崎の声が聞こえました。一緒にいるのは高杉のはずです。

「本郷のお父さんだろ。都内で五十床《しょう》くらいの個人医院をやってる。一度会ったことがある。いや、二度だったかな。葬式のときも見かけた。挨拶するのはためらわれたよ。かなり落ち込んでたからな」

「親なら当たり前だ。特に自慢の息子だったんだろうから」

「本郷の父親がどうしたんだ」

「その自慢の息子がやってた研究を見たいと言うんだ。今朝、富田教授から電話があった」

「ここに来るのか」

「他にどこに行くんだよ」

「面倒なことになった。断われなかったのか」

「富田教授の先輩だぜ。断わったりしたら、ヘンだろう。何かあると思われる」

「先生が連れてくるのか」

「まさか。先生は明日からアメリカでの学会で一週間いない。俺に対応してくれと言ってる」

「おまえが妹を連れてきたりしたからじゃないのか。彼女が父親に話したとか。だったらヤバい。確かめに来るのかもしれない。息子かどうか」

「バカ言うな。彼女、気付いてなんかいない」

谷崎は言いましたが、自信のない言い方です。

僕の精神《こころ》は乱れました。父がここに来る。

脳の一つがヒトの脳であることはすぐに分かるはずです。そのとき、何を考えるでしょうか。それが、自分の息子の脳であることに気付くでしょうか。

「どこかに移そう。刑事のときとは違うんだ。医学知識はあるし、だいいち、本郷の父親なんだ。彼だと分かるぜ。こんな息子の姿を見て、どう思うんだ」

「父親なら分かってくれるんじゃないのか。それに医者だし。この実験の成功は本郷がもっとも望んでいたことだ。死んで焼かれているよりいいだろ」

「バカ言うな。親なんだぞ」

「だからこそ、一度は見ておいたほうがいいんじゃないか。本郷だと気付く、気付かないは別にして。俺は気付かない方に賭けるけどな」

谷崎はそう言いましたが本音ではないことは明らかでした。父に現在の、そして最期の僕の姿を見せる。ふっと、それは谷崎なりの気遣いであるような気がしました。しかし僕には耐えがたいことです。

それっきり会話は途絶え、沈黙が続いています。

やがて立ち上がる気配がします。そして、二人は無言のまま部屋から出ていきました。

僕は父の足音を懸命に思い出そうとしました。

いつも大きな歩幅で早足で歩く人でした。子供の頃は懸命にあとを追って歩いた記憶があります。それしか記憶に残っていません。

まさか、こんな場所に母を連れてくることはないでしょう。しかし妹は――。

複数の足音に混じって、大きな歩幅の足音がします。たしかに昔、聞いたことのある響きです。しかし記憶にある力強さはなく、弱々しいものでした。

靴音は水槽の前で立ち止まり、一つ一つ見ているようでした。

誰も何も言いません。部屋に満ちた緊張のみを感じることができました。父は何を思いながら息子の研究を見ているのか。

その靴音が僕に近付いてきます。そして止まりました。言葉はありません。どんな顔をして研究室を、僕を見ているのか想像はできませんでしたが、視線を感じることはできました。

父の背後には谷崎を含めて数人の気配がします。ほっとしました。妹も母もいないようです。

「ここで本郷君は研究をしていました。あと半年もあれば論文が書けたはずです。それも世界の医学界に誇れるような一級の論文です。彼の突然の死は我々にとっても非常に悲しく残念なことでした。しかし必ず彼の研究を成功させて、世界に認めてもらうよう努力します」

谷崎の声が響きます。今までになく自信を持った声の響きと言葉は僕を驚かせました。僕がこうなってから彼も変わってきたのかもしれません。

「有り難うございます。秀雄も志《こころざし》半ばで逝《い》ってしまうことは、さぞ無念だったでしょう。後をよろしくお願いします」

続く沈黙は、父が谷崎に向かって頭を下げているのでしょう。

その後、ひと言も発せずに靴音は遠ざかり、部屋を出ていきました。

父は目の前にあるモノが自分の息子であることを理解した。僕は確信することができました。

だが何も言わない。言えないのでしょう。息子が人生をかけて成し遂げようとしたことなのですから。


その日の夜です。

昼と夜の区別は、出入りする者たちの会話から想像する他ありません。

スタッフが帰ってしばらく経っていました。

ドアの開く音とともに靴音が止まりました。谷崎です。

「本郷、今日はおまえの親父さんが研究室に来たぜ。その前には、おまえの妹を連れてきた。妹はおまえを見ても、おまえとは分からなかった。そりゃそうだ。いくら肉親といっても、これじゃあな。しかし親父さんはどうかな。何も言わなかったけど、おそらく分かってるんじゃないか。でも何も言わなかったよ。俺たちに頭を下げて帰っていった。息子の研究をよろしく、と言ってな。悪く思うなよ。研究室を見たいと言ったのは親父さんの方だ」

しばらく僕を見つめていました。

少し、いやかなり酔っているようです。

「ほんとに、おまえは嫌な奴だったよ。何度こんなところ出ていこうと思ったか」

唐突に、谷崎の声が聞こえました。そして続きます。

「しかし行けなかった。自分でもなぜだか分からんよ。おまえは俺のことをバカにしてただろ。いや、端《はな》から相手にはしていなかった。それって、人をどれだけ傷つけるか、おまえには分からないだろ。おまえは、ここの誰よりも優秀だったからな。教授さえもおまえには一目置いていた」

谷崎の声が徐々に大きくなっていきます。

「俺は常におまえの憐《あわ》れむような視線と言葉を受けてすごしてきたんだ。俺たちがやっているところには必ずおまえが出てきて、ずっとうまくやってしまう」

ドンという鈍い響きがしました。谷崎が手で水槽を叩いたのです。

「心の底じゃ、殺してやりたいほど嫌な奴だと思っていた。でも、いざ面と向かうと愛想笑いしかできない自分に腹が立ってたよ。だが、我慢するしかなかった。しょせん、生涯、おまえの下で生きていかなきゃならないんだからな。医者としても、人間としても」

椅子を持ってくる音と座る気配がします。

缶の蓋を開ける音。ビールでも飲み始めたのでしょう。

「こうして、おまえを見てると、当時の自分が情けなくなる。俺はこんなものを恐れてたんだって。プリンスと呼ばれていたおまえも、とどのつまりは醜い肉の塊なんだ。しょせん人は同じ肉塊にすぎない」

長い沈黙の後、突然すすり泣く声が聞こえ、谷崎が僕に語りかけてきました。

「今日、久保山に呼ばれた。覚えてるか、以前ここに来た刑事だ。でかい身体で夏だっていうのにコールテンのブレザーを着てただろ。暑苦しいおっさん。そう言ってもおまえには分からんか」

かすかな笑い声がしました。僕は久保山の姿を闇の中に描こうとしましたが、浮かぶのは顔のないシルエットだけです。

「おまえの車、ブレーキオイルの管が傷つけられていた。ヤスリで削られてたらしい。少しずつオイルが抜けるようにと。ブレーキを踏み込んだ痕もあった。でも効きが悪かったようだ。あいつ、管を傷つけたのは俺だと思ってる。でも違う。俺にはそんな度胸なんてない。残念だけどな」

言葉が途切れ、ビールを飲む音がします。

「俺はおまえのことがひどく羨ましかった。俺は死ぬほど勉強して医学部に入り、医者になって、大学に残ることができた。やっとここまで這い上がってきたんだ」

立ち上がる気配がします。

「久保山にブレーキの話を聞かされたとき、もちろん否定した。だが、同時にほっとしたよ。俺だけじゃなかった。殺したいほどおまえを憎んでいたのは、俺だけじゃなかったんだ」

声が乱れてきました。泣いているのかもしれない。

「俺がこの研究をやりたかったのは、単なる医学のためじゃない。水槽に浮かぶおまえの姿を見てみたかったのかもしれない。しかし、もう限界だ」

僕は谷崎の強い視線を感じました。

「こんなことやめようということだ。このスイッチを押せば、おまえの脳を流れるすべての血流が止まってしまう。それで、ジ・エンドだ」

沈黙が続いています。

谷崎が僕を見つめているのを強く感じます。

「やめろ、谷崎」

僕は叫びました。思ってもいなかった動揺が僕を襲ったのです。生きたい、という気持ちより、この先自分自身がどうなるのか見極めたいという気持ちからかもしれません。そして秋子――。

谷崎、高杉、長谷川、そして僕。僕たち四人は同期でした。

医学部の学生は二年間の一般教養の後、専門課程に入ります。

高杉の実家は地方の開業医です。彼はいずれそこに戻るのでしょう。温厚な性格ですが、少し鈍いところがあります。普通に勉強していれば楽に通る国家試験もギリギリでした。発表まで何かに怯えたような目をしていたのを覚えています。研究室に残れたのも、高杉の父親が富田教授に多額の金を払ったという噂を聞いたことがあります。

長谷川の家はサラリーマンの家庭でした。優秀な男で、無理なく医学部に進学し、大学に残りました。高校も僕と一緒で、三年では交互に学年一番、二番を争っていました。

医学部に進んだのも医者になって人の命を救いたいというより、医学そのものに興味があったようです。迷わず基礎医学を志し、脳生理学の道に進んだと言っていました。しかし一本気なところがあり、富田教授とは上手くいかなかったようです。

谷崎の家も普通のサラリーマン。父親の強い希望で医学部に進学し、医者になったのです。今後も大学病院に残りたいといつも言っていました。しかし、彼の能力ではそれはムリだと思っていました。いずれどこかの病院に出されるだろうと。

しかし僕は、それは彼のためだと思っていました。彼は医者というステイタスに憧れ、家族や親戚の期待を背負って医学部に進学した。後は経済的に恵まれる病院の医師になった方がいい。そして運がよければ病院経営者の娘と結婚してあとを継ぐ。

「おまえほど、嫌な奴はいなかったよ。たしかに頭も良くて能力もあった。父親は医者で金持ちだし、かっこよかったし、教授の娘との結婚話もあったんだろ。でもおまえはそれを蹴った。秋子さんを取ったときは、驚いたよ。俺が彼女のこと好きだってことは知ってたんだろ」

鈍い音を感じます。谷崎が水槽を叩いている。

「敵なんて山ほどいたんじゃないか。高杉だって、長谷川だっておまえのこと大嫌いだったたと思うぜ」

谷崎の言葉は僕の精神《こころ》に重く深く響きました。そんなことは考えてもみなかったことです。不遜《ふそん》で鼻もちならない奴。他人にはそう見えていたのか。いや、そんなことはない。彼らは友人として接し、僕もそれを信じていた。

僕は記憶を必死で探りました。少しでも自分に有利になる過去を引き出したかったのです。

たしかに僕は、谷崎が秋子に好意を持っているのを知っていました。しかし、僕も彼女を愛していた。

研究室で秋子との結婚を話したとき、みんなが祝福してくれたと信じていました。喜んで結婚式の招待を受けてくれたはずだ。

谷崎や高杉に対しても、馬鹿にした気持ちはなかった。そもそも、人の能力はそれぞれ違う。仲間だからこそ、足りない部分を補い合いながら、同じ研究室で、同じ目標に向かって進んでいたのではないのか。

谷崎は長い時間、僕をただ見つめていました。そして結局何もせず、部屋を出ていきました。

4

複数の靴音が聞こえます。

谷崎と高杉、それに聞きなれない音もいくつか混ざっています。

「私らのことは放っておいてください。勝手に見学させてもらいます」

久保山の声が聞こえました。彼の言葉通り、戻ってきたのです。

「じゃ、ご自由に。私たちは仕事がありますから」

谷崎の声とともにパソコンのキーボードを叩く音が響き始めます。

「ここに来ると、何だか背筋がぞくぞくするんだ。おまえはそんなことないか」

低く囁くような声がします。久保山が相棒の刑事に語りかけているのです。彼の名はたしか山田といいました。

「病院は嫌いです。いるだけで具合が悪くなりそうだ。昔と違って、消毒液や患者から出てる病院独特の臭いなんてないのに。なぜでしょうね」

「そりゃ、死にいちばん近い場所だからじゃないのか。生からいちばん遠いところとも言える。俺は病院には慣れてると思っていたが、ここだけはちょっと違う」

三〇五号室のことを言っているのでしょう。

久保山の声がさらに小さくなりました。僕は聴覚に神経を集中させました。

「なんだか別の目があるような気がする。自分が見られているというか、他の誰かがいるような、妙な気分になるんだ。あっちで仕事をしてる奴らじゃない」

「久保山さんもですか。実は僕もそう感じます」

二人は話しながら僕の前にやってきて止まりました。二人の視線を感じます。

「病院の雰囲気とは違う。もっと重くて濃密な別の世界に迷い込んだ気分だ」

「久保山さん、お母さんのことで病院には慣れてるんでしたね。どうなんですか、お母さんの具合は」

「先週会ってきた。ホームと病院を行ったり来たりだ。いよいよって感じだ。俺が行っても分からなくなってた。どなた様ですかなんて聞かれると、ゾクッとする。認知症は進行し始めると早いぞ」

久保山の母親は老人ホームに入っているようです。

「親父は先に逝ってよかったよ。自分が長年連れ添ってきた相手のあんな姿を見るのは辛いだろ」

「心しておきますよ。うちだってそんなに遠い話じゃない」

「おまえは両親とも元気だったんだな。いくつになる」

「五十二歳と五十歳です」

「まだまだ若い。しかし人間、年はとっていく。若年性認知症なんて五十代でもかかる。少しでも踏み込むと認知症は加速度的に進むぞ」

「怖いこと言わないで下さいよ」

「しかし最近、母親に会うと考える。何を思って生きてるんだろうって。何十年も前の記憶でも鮮明に覚えてることもある。俺なんかより、よほどしっかりとな。でも、俺が誰だか分からない。しかし、自分に好意を持ってる人、味方だってことは分かってるんだろうな。俺が帰るときには悲しそうな顔をして、また来てくれって涙を流すんだ。手をにぎるとはなさないときもある。だが息子だとは分かっちゃいないんだろうな。俺のことが分かっている間に、もっと親孝行しておけばよかったと思うよ」

久保山がしみじみとした口調で話している。おそらく、僕を見つめながら。強い視線を感じるのです。

「でも、俺が分からなくなる程度だとまだいい。認知症がさらに進むと別の世界に行ってしまうっていう。食べて、出して、寝るだけの患者も多い。人間、生きるための最少限の行為だ。それも自分じゃできない。目は開いてるけど、意識なんてあるのかないのか。ひどい言い方だが、何のために生きてるんだって思う。いや、生かされてるんだ」

久保山の視線を感じます。そう、感じるのです。彼は僕を見つめている。何を思っている。僕を別の世界に行ったという認知症の老人たちと重ねているのか。

「臓器の特定なんて簡単なんでしょう。つまり、腸の一部が転がってるとする。それが誰のモノかを調べることです」

久保山が誰かに問いかける声が聞こえると同時に、谷崎の声が返ってきました。

「飛行機の墜落やビルの崩壊のような、遺体の損傷がひどい大規模な事故のときですね。それに大災害の後、ずいぶんたってから見つかった遺体なんか。外国だと爆弾テロの現場。ＤＮＡを採取して、もとからある個人のＤＮＡと比べる。個人を特定できますが、比べるＤＮＡが必要です」

「じゃ、比べたい人物のＤＮＡがあればこの脳の持ち主かどうか、特定はできるわけですね」

「でも、この脳はウシのものですから、すでに処分されています」

久保山の独り言のような言葉に谷崎が応えています。

「人とウシはかなり違うんですか。ＤＮＡの話です」

「まったく違います。チンパンジーとはわずか二パーセントの違いしかありませんが」

「それ、どこかで聞きました。私なんか、一パーセントも違わないかもしれない」

久保山は冗談のつもりで言ったのでしょうが笑い声は聞こえてきません。

「人とウシの脳の違いは見ただけで明確に分かるでしょ。専門家が見れば」

「当然です。形も大きさも違いますから」

以後、長い間、声は聞こえませんでした。みんなで僕を見ているのでしょう。おそらく久保山たちも捜査にかこつけて、僕を見に来ているのです。二度とＤＮＡについては聞きませんでした。久保山は知っているのです。これは人間の脳であり、僕の脳であることを。そういう気がします。

久保山が言ったように病院は特別な場所です。明るい病院。最近はそういう言葉が使われますが、本来、生と死が交錯する最たるところです。いや、二つが同居している場所とも言えます。分娩室もあれば、地下には霊安室もあるのです。

靴音が聞こえました。

初めての音かと思いましたが、高杉と吉岡のようです。いつもの靴音から体重の半分を引いたような軽い音です。跳ねるようなステップ。

二人はスニーカーを履いているようです。テニスでもしてきたのかもしれません。大学病院の横にテニスコートがあって、僕も時々、秋子とやりました。

「おまえ弱くなったな。体調が悪いんじゃないか」

「高杉さんが強くなったんですよ」

二人はソファーに座り話しています。缶を開ける音がしました。ビールでも飲んでいるのでしょうか。

「やはり不気味な部屋だな。なにか出そうだ」

高杉の声とともに、辺りを見回す気配がします。

「高杉さんは知らないんですか。昔ここで首を吊った者がいたって話。あくまで噂ですがね」

「俺は知らない。おまえ、誰に聞いたんだ」

「それが覚えてないんです。いつの間にか脳にインプットされてたんです、気が付いたときには。だから不気味な噂って言ったんです」

「気を持たせる言い方をするな。首を吊ったって誰なんだ」

「僕だって、それしか知りませんよ」

吉岡がぼそりと答えました。

「病院伝説ってやつか。バカだな、おまえ。からかわれてるんだよ。そんなのあるわけないだろ。二十一世紀なんだぜ。それに俺たちがやっているのは科学だ、それも最先端の」

威勢のいい言い方ですが、おびえの混じった声です。人はいくら科学を唱えても無理やり未知なる領域を作り、そこに不合理な事象、神秘を見出すものです。

　そのときドアが開き、もう一人入ってきました。谷崎です。

「ああ、あの話か」

　二人の説明を聞いた谷崎が話し始めました。

「もう、四十年ほど前になるかな。俺たちの生まれてない時代だ。この病院で重大な医療過誤があったんだ。そのために二人の患者が死んだ。医師による薬の指示の間違い。単純といえば単純なんだけど、ひと月で二度だ。患者にとっては、また遺族にとってはたまらない。今では考えられないミスだ。それが同じ病室で起こった。だから呪われた部屋ってことになってる。先に死んだ患者が寂しくて、仲間を呼んだって。この病院ではタブーの話だ」

「その部屋がここなのか」

「俺は知らない。事実かどうかも。調べる気も起こらないよ」

「結局、首を吊ったのは誰なんだよ。看護師か医者か。患者はもう死んでるんだろ」

「患者当人だ。薬の取り違えで亡くなった二人のうち一人は患者の赤ちゃん。お腹に八ヶ月の赤ちゃんがいた。お母さんはなんとか命をとりとめたが、流産した。自分が飲んだ薬でお腹の赤ちゃんが死んだ。辛かったと思うよ」

「なんだ、当事者の病院関係者が自殺したのかと思った」

「なんだはないだろ。今ほど医療過誤の検証制度も賠償制度も整ってなかった時代だし、病院側も医療過誤を認めようとしなかった。医者は神様の時代だった。抗議の意味もあったんだろうな。結局、病院は看護師のせいにした」

「そうですよね。四十年前なんて医者は神様のような時代です。今じゃ召使と患者様です」

「バカ、冗談でも言うな。聞かれたらヤバいぞ」

「でも、真実だ。しかし自殺したお母さん、無念だっただろうな。この件で三人が命を落とした。お互いが呼びあったって話だぜ。最初の患者が赤ちゃんを呼び、赤ちゃんがお母さんを呼んだ」

谷崎がしみじみとした口調で言う。

「この話には続きがあるんだ。その責任を取らされた看護師も死んだ」

「自殺ですか」

「それが分からない。夜勤の朝に姿が見えないんで、みんなで捜したらこの部屋のベッドで死んでた。病院の扱いに対する抗議の自殺という説と、死んだ患者たちの呪いという説がある。いずれにしても、噂の域を出ない」

「二人の患者と赤ちゃん、看護師の計四人が死んだのがこの部屋で、ここにはその怨念が籠《こも》ってるって言うのか」

「そんなこと言ってないぞ。おまえが勝手に言ってるだけだ」

「こいつは、その人たちの怨念と話してるかもしれないな」

　三人が僕を見つめている気配がします。

　怨念、昔の僕なら笑い飛ばしたところです。でも今は単純に笑うことはできません。生と死の交錯するところ。それが病院なのですから。

　誰もいなくなった深夜、僕の周りに何かを感じることもあります。

　錯覚だと言われると反論できませんが、人知を超えた力を感じることがあるのです。僕がこうなりながらも生きていること自体、その力に生かされていると感じます。

5

　それからまた、何日かがすぎました。

　やはり夜、ドアが鳴りました。いつもと違う控え目な音です。

二人分の靴音が近づいてきます。音を殺した低い足音。

僕は精神《こころ》を闇から引き出し、身構えました。研究室の誰もそんな歩き方はしないからです。それに、最後のスタッフが帰ってずいぶん経っています。今は深夜のはずです。

見知らぬ者たちの到来。それは僕の緊張を呼び覚ましました。

靴音は僕の水槽の前で止まりました。

ふたりは無言でした。僕の前に立ち、好奇に満ちた目で見つめているのでしょう。息遣いが聞こえてくるようです。

「本当だったのね。これが本郷さん」

女性の声に僕は慌てました。女性の声を聞くのは久し振りだったからです。

「本郷さんなのね。噂は本当だった。最初聞いた時、まさかって思ったんだけど」

もう一度、確認するように言いました。

僕を知っている。一瞬、秋子のことが頭をかすめました。しかし秋子の声ではありません。身近な女性を次々に過去から呼び出しました。

「正確には、本郷さんの脳って言うべきなんだろうな」

今度は男の声。二人とも張りのある若い声です。

男の声には聞き覚えがあります。去年の春から研究生として研究室に来ている曾根《そね》です。

「すごいだろ。これで生きてるんだ」

「本郷さんがねえ。こんなになっちゃったなんて信じられない」

思い出しました。週一回、研究室でやっている脳生理学の勉強会に来ていた女子学生です。たしか医学部五年生。

スタイルのいい美人で、研究室でも一時話題になっていました。名前は——思い出せません。研究室には事務職員を含めて五人の女性がいましたが、僕はすでに秋子と婚約していたので他の男性たちほどには興味を持っていなかったのです。

「素敵な人だったのに。頭もかっこも良かったし」

「でも、人間、こうなったら終わりだな」

曾根の嘲笑《ちょうしょう》を込めた声が聞こえます。

「やめてよ、そんな言い方。私、憧れてたのよ」

女は強い口調で言いました。

「エリートだったしな。親父さんは富田教授の先輩なんだ。三十二歳で講師なんて異例の抜擢《ばってき》だ。それに、再来年にはアメリカ留学が決まってた。長谷川さんみたいに放り出されるんじゃなくて、帰りのポストが決まった留学だ。いずれは教授になる人だったんだ。俺みたいに外部からきた者には、近寄りがたい存在だった。だから、こうなるとよけい惨めだ」

「やめてったら」

低くおさえた声でしたが、断固とした響きがありました。

女の顔を思い浮かべようとしましたが、美人で噂になっていたということしか浮かばないのです。

「何だおまえ。こいつとおかしな関係でもあったのか」

男は女の態度に驚いたのか、ふてくされたような言い方です。

「そんなんじゃない。礼儀よ。そのくらい分からないの」

男はちぇっと舌打ちして黙りました。

二人共しばらく何も言いませんでしたが、やがて男が女の機嫌をとるような声が聞こえます。

「この装置はほとんど本郷さん一人で作ったんだ。脳の生命維持装置だ。やはり秀才だよ。谷崎さんなんて何も分かってなくて、しょっちゅう本郷さんに怒鳴られてた。だから、急遽《きゅうきょ》アメリカから呼び戻された長谷川さんがそのまま残ってるんだ。彼、最初はこの研究を本郷さんとやってたんだ。それが教授と意見が合わなくて、追い出された。教授も勝手だよ。本郷さんがいなくなったんで帰ってこいって言ってるらしい。だけど長谷川さん、あんなに頑固だとは思わなかった。アメリカに帰るって言ってるんだ」

「それにしても皮肉ねえ。自分の作った実験装置で実験されるなんて。でも、こんなことやってどうするの」

「研究だよ。素晴らしい研究だ。ぞくぞくするほど。これって、すごいことなんだけど、かなりヤバい。医学界は真っ二つに分かれるだろうね。世論もね」

曾根は青年らしい、幾分《いくぶん》気負いを込めた声で話しています。

「そんなことのために、こんなひどいことするなんて」

「そんな言い方はないだろう。脳について調べることもできるし、移植の練習にもなる。身体が死んでも優秀な脳を残すことができるだろ。アインシュタインの脳なんかさ。コンピューターとつないで会話できるようになるかもしれないし、いずれは脳移植も現実になる」

僕がいつも言っていた話です。

「脳の再利用ね」

「違うよ。そんなんじゃなくて、これが本人そのものなんだ。身体さえ新しくすれば永遠の命も夢じゃない」

「でも本人の身体じゃないんでしょ。脳が生きるためには、こんな水槽に入れられるか、他人の身体に入れられるんでしょ。本来なら廃棄するものを利用する」

「死ぬよりましだろ。それにむしろ、身体の方が脳の入れ物にすぎないって考え方もある。脳のために身体を再利用する」

「冗談じゃない。私なら死んだ方がいい。こんなにされて見せ物になるより」

見せ物。衝撃的な言葉でした。彼女は何気なく言ったのでしょうが、僕の精神《こころ》を強く打ちました。そして静かに重く染み込んできます。

そうなんだ。僕は見せ物なんだ。狼男や蛇女と同じなのです。生きている人間の脳、グロテスクな肉塊。これほど見せ物らしい見せ物はあるでしょうか。

人間を人間とは言えない姿で存在させる。事故の前にも、これがどういう意味か考えたことはあります。しかし深くは考えませんでした。まだずっと先のことだと思っていたし、実験の意義、医学的な重要性の方が先走っていたのです。まして、自分を対象にしたことなどありませんでした。

昔読んだ本を思い出しました。

『ジョニーは戦場へ行った』だったと思います。彼は戦争で両腕、両脚、視覚と声帯の機能を失います。

目も見えず、言葉も発せられず、芋虫《いもむし》のようにベッドに転がるジョニーに将軍は勲《くん》章《しょう》を与えようとしますが、彼は唯一意思を伝える手段である瞼のモールス信号で拒否します。そして、自分を見せ物にして戦争の無残さ、おろかさ、無意味さを訴えるように頼むのです。

生ける屍だったジョニーは、自分の身体に見せ物としての価値を見出したのです。だが僕は、自分にどんな価値を見つけることができるのか。医学の進歩。その通りです。しかし、本当にそうなのか——。

僕は自分の意思さえ伝える方法を持っていないのです。

「もう行きましょ」

女は低い声で言いました。

恐ろしくなったのでしょう。すでに真夜中をすぎているはずです。

三〇五号室はスタッフ以外立入禁止ですから、実験か実習で近くの研究室に泊まり込んでいる二人がこっそり鍵を持ち出したのでしょう。

「ゆっくりしていこうよ。ここには誰も来ないし、時間は十分ある」

「でも……」

「交代までにまだ三時間だ。死体を眺めてるよりいいよ。こっちは少なくとも生きてる」

「本当にそう思ってるの」

「あそこは陰気だし、第一臭いよ」

曾根は女には答えず言いました。

地下の死体置き場か解剖室のことを言っているのでしょう。死後の細胞組織変化の実験で泊まり込むことはよくあることです。

二人は僕から離れてソファーに腰を降ろしました。

長い沈黙が続いた後、低い話し声と押し殺した笑いが聞こえてきました。僕は精神《こころ》を研ぎ澄まし、彼らの声を探りました。

「やめて」

女の低い声がします。スプリングがきしみ、その音が次第に激しくなりました。そして止まりました。

「見てる」

「誰もいやしないよ」

「本郷さんが――」

「馬鹿言うな。あれは目も耳もないんだ。見えないし聞こえない」

「気になるのよ。やっぱり見てる」

「おまえも医者の卵なんだろ。非科学的なことを言うな」

しばらくもみ合う気配がして、衣服の擦《こす》れ合《あ》う音がします。やがて、女の荒い息遣いが聞こえ始めました。

僕の精神《こころ》の中に女の白い裸身が浮かび上がります。ほんの数メートル先で行われている彼らの行為が闇の中に浮かびます。二つの若い肉体はみずみずしい体液を滴《したた》らせながら、もつれ合い絡み合って、お互いの生を確かめ合っているのです。それは僕の脳を熱く膨れ上がらせ、忘れていた熱い思いを精神《こころ》の中に燃え上がらせました。

秋子――。いとおしさで精神《こころ》は張り裂けそうです。あの忌《い》まわしい事故の数十分前、僕らも彼らと同じように抱き合い、肉体を求め合っていたのです。

闇の中に女の生々しい肢体《したい》を探し求めました。

「今夜はすごいな。どうしたんだ」

「分かるでしょ。ああいう物に見られていると興奮するの」

女の言葉を聞いて愕然《がくぜん》としました。

怒りを覚え、戸惑いを覚え、やがて霧のような悲しみが精神《こころ》を覆っていきます。あいう物――、彼らは物としての僕の前でセックスをしているのです。彼らにとって僕はグロテスクな物なのです。人間どころか、犬や猫よりも劣る物なのです。

耳を覆いたい衝動にかられました。しかしそれさえもできない。

彼らの歓喜の呻きは、否応《いやおう》なしに聞こえてきます。彼らに対する憎悪とは裏腹に、女の裸体が僕の脳に絡み付き締め上げるのです。

彼らの健康な肉体を憎みました。完全な肉体に嫉妬《しっと》し、自分自身の破滅を祈りました。僕は女に触れるどころか、自慰《じい》すらもできない。ただ脳を熱く焼き、彼らの行為を思い浮かべ、聞き耳を立てるだけなのです。

やがて彼らは来た時と同じように、靴音を殺して出ていきました。

闇は何事もなかったように僕を包み、時は流れていきます。しかし絡み合う二人の白い影は、僕の精神《こころ》の中で悶え、喜びの声を上げ続けていました。

数日の間、目覚めているときは、二人の影が精神《こころ》から離れませんでした。

彼らを憎みました。憎みながら、闇の中に彼らの姿を描きました。絡み合う若く健康な肉体。それは僕にとって、刺激的なものでした。半年ほど前の僕と秋子の姿そのものだったのです。

その興奮もやがて、潮が引くように薄れていきました。

絶望的な「闇」と「時」が、二人の姿を包み、彼方へと押し流していくのです。

それでも時おり、闇の中に現れる二人の肢体は、ある疑問を投げかけてきます。なぜ彼らはこの場所で、あのような行為を始めたのだ。そして、なぜあれほどまでに激しく求め合い燃えたのか。

彼らの会話と行動だと、初めてではないはずです。ここからさほど遠くない所に、もっと快適な場所があるのを知らないとは思えません。衝動的というには余りに不自然な場所です。

スタッフが去った後、闇の静寂の中で考え続けました。そして一つの結論を得ました。彼らも恐れているのではないか。恐れながら生きている。

人はいずれ必ず死ぬ。人の究極の姿と死の姿を僕に見たのではないでしょうか。水槽の中に漂う孤独で醜い塊から、地下で横たわる死体よりもさらに現実と結び付いた死の姿を感じ取ったのではないでしょうか。

彼らは僕を物として見ながらも、自分たちと最も近い物、究極の人間の姿として認め、その孤独、無惨、むなしさに耐えきれず、生を確認し合うためにあれほどまでに激しく求め合ったのではないでしょうか。

生の裏には死の恐怖が常にあるのです。生が輝かしければ輝かしいほど、死は陰惨で耐《た》え難《がた》いもの。そう考えると彼らの姿こそ、最も生々しい人間の生の姿とも思えてきました。

ある安らぎを覚えました。結局、人は死を恐れながら生きていかなければならない。若く健康な肉体も、背後には醜い死の影が控えている。それは生きるものすべてに一歩一歩確実に近づいてきます。死は逃れられないもの。

人は成長を望むにもかかわらず、老いることを恐れます。成長の先には必ず老いがあり、死がある。いくら恐れても肉体的成長はいつか止まり、老化は始まるのです。完成された肉体は、崩れ、縮み、老いていくのです。美しさを誇ったあの二人の肉体も、いずれは老斑《ろうはん》が溢れ、皺《しわ》に覆われ、老人となって朽ち果てるのです。

その日の夜、靴音が僕の前で立ち止まりました。

吉岡です。彼が深夜、一人でこの部屋に来ることなどなかったことです。

彼の歩き方の特徴はつま先の踏み込みが踵よりずっと強いことです。できる限り足音を立てない歩き方、自分の存在を目立たせない歩き方とでもいうのでしょうか。彼の臆病で用心深い性格が出ているのでしょう。

沈黙が続いています。おそらく僕を見つめているのです。

彼の恐怖と戸惑いに満ちた顔が浮かんできます。しかし、なぜ彼はこんな時間に戻ってきたのでしょう。おそらく真夜中をすぎています。

「何しに来たんだ」

呼びかけましたが、もちろん反応はありません。

長い時間がすぎました。

一度ドアの方に歩きかけた靴音が止まりました。振り返り、僕の方を見つめているのでしょう。長い沈黙が続きました。

再び靴音が聞こえ、近づいてきます。僕の周りをひと回りしてドアの方に歩いていきます。そして、今度は立ち止まることなく出ていきました。

6

谷崎と高杉の声が聞こえます。

最近は二人でよく話しています。長谷川はあまり来なくなったようです。

「アメリカに戻ると言ってる」という曾根の言葉が思い出されました。また教授とのいさかいがあったのでしょうか。

「本郷のやつ、最近大人しいな。いつも眠ってるようだ。α波ばかりだぜ」

谷崎の声が聞こえます。そういう彼の声もまったく緊張感がなく半分眠っているようです。コーヒーカップを持って僕を眺めているのでしょう。

「退屈してるんじゃないか。もう、半年以上もこのままの状態なんだ。普通の人間で言えば、寝たきりの状態だろ」

「植物状態とは違うしな。認知症の老人とも違う。意識があるとすると、本郷の方がましかな」

「おまえ、まだ本気でそう思ってるのか。本郷の方がいいって」

高杉の声には、谷崎を非難する響きが入っています。高杉が谷崎を非難している。谷崎の驚く顔が浮かびます。

「冗談だよ。人間の身体のままでいた方がいいのは当然じゃないか」

「そういう言い方はないだろ。これは人間じゃないと言うのか。だったら、なんなんだよ」

「思考の塊とでも言うのかな。思考が髄液《ずいえき》の中に浮かんでいるんだ。浮遊する思考。浮遊する脳人間だ。なんだか、ロマンチックな感じもするな」

「やめろ、そんな言い方」

　突然、高杉が叫びました。

「そんなにむきになるな、高杉。もうやめよう。また同じ話のくり返しだ。おかしいぞ、最近」

「おかしいって言うと、吉岡の奴もだ」

　高杉の言葉が途絶えました。何かを考えている様子です。

「深夜に、研究室の前で見かけたって奴がいた。ドアの前にぼんやり立ってたらしい。声をかけようとしたら、あわてて立ち去ったそうだ」

「その話、俺も聞いた。最近、顔色も悪いしな。やっぱりあいつにはここは無理なのかな。気の小さい奴だし」

「これ内緒だけど、俺に聴診器をくれたんだ。自分はもう一つ持ってるからって、ドイツ製の十万近くするやつだぜ」

「前から欲しいって言ってたんだろ。だったら、喜べよ」

「素直に喜べないよ。大学を辞めたいとも言ってるらしい。どこか田舎の病院で働きたいって」

「あいつには似合ってるよ。かなりドン臭いところがあるだろ。離島の病院なんかで老人相手にのんびりやっていくのが合ってる。そういうの、医者のカガミだ」

「それって、かなりバカにしてるんだぞ」

「真実を言ってるだけだ。現実を見つめなきゃ」

　現実を見つめる。谷崎の言葉は僕の精神《こころ》に深く刻まれました。

「おまえまで本郷と同じようなこと言うなよ。本郷の吉岡に対する態度はとくにひどかったぜ。本郷自身はまったく自覚してなかっただろうけど。あいつは自分のレベルで考えて、それに達していない者はすべて軽蔑しているところがあっただろ。それって、相手はけっこう傷つくぜ」

「おまえもそう思うか。俺もそれは感じてた。本人が意識してるより、ずっと相手を傷つけてるよな」

「そういう意味じゃ、本郷が相手にできたのは長谷川だけじゃないのか。長谷川は、本郷と研究室の後継者争いで負けてのアメリカ行きだったんだろ。一見華やかそうだけど飛ばされたんだ。片道切符の留学」

「だったら俺も負けたいよ。アメリカ留学できるなら」

二人はとりとめのない話をして帰っていきました。

おまえは嫌な奴だったよ——以前、酔った谷崎がひとり水槽の前で話していた言葉が浮かびます。

吉岡を傷つけていた、なんて考えてもいませんでした。もちろん、厳しくは接していたかもしれない。ただそれも、本人のため、そして研究室全体を思ってのことです。しかし、他人にはそう見えていなかった……今となってはどうしようもないことですが。

最近、スタッフの出入りが少なくなりましたが、珍しい訪問者が来るようになりました。

今夜も、聞いたことのある靴音が入ってきました。靴音を消して歩いているので、最初誰だか分かりませんでした。声を聞いてやっと分かりました。

「いいんですか、刑事がこんなことをして」

「いいわけないだろ。しかし、ここは大学というより病院だ。病院の中を歩いていた一市民が迷ったんだ」

「偶然カギが開いてたとでも言うんですか。しかしうまいもんだ。ピン一本で開けるんだから。刑事の特技にしてはヤバイですよ」

「病院のカギが安物すぎるんだ」

入ってきたのは久保山と山田です。

今回は他の水槽に寄ることなく、まっすぐ僕の前に来ました。

「こいつ、まるで生きてるようだ」

「生きてるって言ってましたよ。それだけじゃなくて、何かを考えてるって」

「そんなんじゃなくて、俺らを見ているような気がするんだ。会話さえ聞いてる。目も耳も鼻もないのにな。水槽の中から俺らを観察してる」

「やめて下さいよ。気味が悪い」

「おい、山田」

久保山の呼びかける声が聞こえます。前とは違った、改まった声です。

「おまえ、子供が生まれるんだったな」

「来年の二月です」

「じゃ、嫁さんの腹もかなり目立つだろう」

「それほどじゃありません。もともと太めですから」

「じゃ、かなりでかいだろ。赤ちゃんとはいえ、人間の身体が一つ腹の中に入ってるんだ」

「何ですか、突然」

「夫婦二人でいても三人でいるような気分にならないかと思ってね。赤ちゃんの命と嫁さんの命、二つの命が一つの身体の中で同居してるんだ」

「赤ちゃんの分までは感じませんよ。久保山さんは子供はいないんですね」

「そういうのをある妊婦から聞いたことがあるんだ。母親というのは父親とは違った感覚を持っているのかな」

「そうかもしれません。お腹にいる間、ずっと一緒なんだから」

「昔、通り魔が妊婦を刺した事件を扱ったことがある。十ヶ月の妊婦で生まれる寸前だったんだ。町を歩いててブスリだ」

久保山は黙り込んだ。沈黙が続いている。

「で、どうなったんです。その妊婦さん」

「病院に運ばれる途中も、まだ意識はあった。自分はどうなってもいいから、赤ちゃんを助けてくれって救急隊員に言い続けていたそうだ。諦めてたときにやっと授かった子供だ。救急隊員はお母さんが頑張らなきゃ、赤ちゃんは助からないって励《はげ》ましたと言っていたが、励ましになったかどうか」

久保山の言葉が途切れました。

「お母さんは助かったんですか」

「その時はな。麻酔で眠らせ帝王切開で取り出した。しかし、赤ちゃんは死んでた。腹を刺されたんだ。ナイフは子宮を貫通して、へその緒を切断していた。意識が戻った母親は半狂乱だった」

久保山のため息が聞こえる。

「お母さんも半年後に死んだ。マンションの屋上から飛び降りたんだ。赤ちゃんを護れなかったのは自分の責任だと言い続けていたらしい。人の命なんて風前《ふうぜん》の灯火《ともしび》だ」

「犯人は？」

「懲役十年以上の事件だが、心神喪失での犯行ということで病院送りだった。結果的には二人殺してるんだが」

「現在《いま》はどうしてるんです」

「何年か前に病院を出たって聞いた。詳しく調べる気にもならなかった」

久保山は吐き捨てるように言いました。

「しかし、見れば見るほど異様なものだな」

「なぜ久保山さんは、そんなにコレに興味を持つんです。やはりお母さんのこと

――」

　突然言葉が途絶えました。

「認知症は脳が部分的に萎縮していく。医者が説明してくれたけど、やはり俺にはよく分からなかったね」

「これを調べれば認知症が解明できるんですか」

「俺はどうしても脳だけに原因があるとは思えなくてね。人が人であるためには、自分以外の人の存在が欠かせないと思う。人と関わることによって、自分らしさ、人間らしさが維持できるんだ。それと、本人の心のあり方。俺の母親は施設に入って急激に衰えていった。いくら完全介護だといっても、心の介護まではムリだった。食って出して寝る、母親はすべてを任せることによって、自分の中に閉じ籠ることにしたのかもしれないな」

　久保山の声が低くなります。

「久保山さんのお母さんはいつごろから認知症の症状が出てきたんですか」

「三年前、八十五のときだ」

「かなりな年ですね。それって普通なんですか」

「うちの母親がおかしくなったのは歯医者の治療ミスが原因だったと思ってる。半年以上、歯痛を我慢してたんだ。しかし歯なんて一本しかなかった。結果、顎の骨が腐って骨折までしていた。その炎症で顎の皮膚に穴が開いて、やっと歯医者が異常に気付いた。骨が腐って、膿が出てるからすごい口臭がしてたんだが。あのヤブ歯医者、よく気が付かなかったよ。分厚いマスクをかけて、近づかないようにして治療をやったんだろうな。骨粗鬆症《こつそしょうしょう》のクスリを使ってる患者には、やってはいけない治療をしてたんだ」

「でも歯痛と認知症が関係あるんですか」

「入院するとボケるって言うだろ。あれだよ。環境の変化や、何も考えなくてもよくなると老人の脳は縮むんじゃないの。同様に歯と顎の痛みが強すぎて、何も考えられなかったんだろう。それが半年以上続いた。よく我慢してたと思うよ」

「そんなに痛かったんですか」

「顎の骨が腐って骨折してボロボロになってたんだ。おまけに顎に穴まで開いてた。食事なんてまともにできなかったんじゃないの。あれじゃ、脳も縮むよ」

「それでどうしたんですか」

「大学病院の口腔《こうくう》外科に通って、やっと落ち着いた。若い歯科医ががんばってくれた。神様に思えたよ」

「それって医療過誤でしょ。訴えたんですか」

「母親がその歯医者の親の代から通ってたんだ。父親を知っててね。やめてくれって。バカ息子を無理やり歯医者にしたんだろうな。だから俺は医者ってやつは信じられないんだ」

「でも、久保山さんのお母さんの場合、歯医者でしょ」

「似たようなものだ。人の身体をきざんだり、穴を開けたりするんだ。下手すると命に関わる仕事だ。だから普通よりずっと能力の高い人がなるべきなんだよ。俺たちが無条件に信頼できる人、命を預けることのできる人だ」

その言葉を聞いて、僕には吉岡の事件が脳裏を過《よぎ》りました。

あの事件のことは二人だけの秘密として、誰にも漏らしてはいません。僕がこうなったからには、永久に表に出ることはないでしょう。しかし僕は、こうなる前から沈黙を守る意思を固めていました。今となっては証明はできないし、僕自身の汚点となることでもあったのです。

「もう行きましょうよ。何を調べるって言うんです。そこに立って見てるだけじゃないですか」

「気になるんだよ、こいつが。今さら気にしても、どうにもならないことは分かって

は違っているような気もします。

久保山はいったい、何にこだわっているのだ。僕に対する興味は、他の者の興味と違っているような気もします。

山田にせかされて、二人は部屋を出ていきました。

「だったら早く出ましょ。見つかるとまずい。これでも僕たちは刑事ですから」

るけどな」

久保山が来た翌日の朝だと思います。

「これを見てくれ。昨夜、俺の家に本郷の父親が来た」

長谷川の言葉に僕の意識は呼び戻されました。

話の相手は谷崎です。

「本郷のパソコンに入っていたそうだ。研究ノートといえるものかな。かなりの枚数だ。今までの研究のまとめと今後の方針が書いてある。本郷は本気で脳移植を考えてた。あいつは俺が思っていた以上に凄いやつだったんだな」

覚えています。時間を見つけては研究のアイデアや将来の指針を書きつづったものです。いずれは、どこかに発表したいと思っていました。

脳死の人間に他の脳を移植する。理論上は可能なはずです。筋萎縮症の患者には命を救う一つの手段になるかもしれません。

谷崎は長谷川からレポートを受け取ったのでしょう。レポートをめぐる気配がします。

「なぜ俺に見せるんだ」

「本郷の遺志は、おまえに継いでもらいたいからだ。俺はアメリカに帰る」

「しかし――本郷の父親はおまえにって。息子の高校からの親友に託《たく》したんだろ」

「俺は本郷秀雄じゃない。俺には俺の道がある。やりたいことも、やり残しているものもある。アメリカに発《た》つ前にもう一度親父さんに会うよ。本郷の後継者はおまえだって話す」

「いいのか、それで」

「いい悪いの問題じゃない。本郷の志を継ぐのはこの研究室の人間だ。俺はすでに部外者だ」

長谷川は話しながら僕の前に来ました。

しばらく沈黙が続きましたが、僕に話しかけるように口を開きました。

「本郷が死んで、親父さんは息子について色々考えていたそうだ。幸せな人生だったか、それとも悩みの多かった人生か。そもそも医学部に進んだのは本郷の意思だったのか。二人の間には色々あったらしい」

「妹も兄貴は独善的で、変わり者だと思っていたようだ。頭はずば抜けてよかったけどって。妹も俺と同じようなことを感じてたんだ」

「親父さんは、何ごともやるからには誰にも負けるなと、本郷に教え込んだと言っていた。子供のころはかなりムリなこともやらせたそうだ。本人の意思に反してね。今になって、それが良かったのか悪かったのか分からない、と悩んでいた」

「その結果、彼という人格ができ上がった」

谷崎の冗談めかした言葉が聞こえます。

「かなり自己中心的なところがあるので、みなさんには迷惑をかけたかもしれないと謝ってた。医学部に進むときにも、かなり反発したらしい。本郷は車のメカニックに興味を持ってた。中学の卒業文集によると、彼の将来の夢はカーレーサーだった」

「意外だな」

「大学に入ってからは、何ごとにも聞く耳を持たなかったとも言っていた。自己に目覚めたんだろうって。親父さんとしては病院を継がすために医者にしたつもりだったが、本人は考えてもいなかったようだ」

「そう言えば妹も言ってたぞ。兄さんは家のことは私に頼むと言ってたと。病院を頼むってことだろうって。自分は自分の研究に没頭したいからって」

「親父さんは、何度も話し合おうとしたが、そういう雰囲気じゃなかったらしい。親父さんは辛そうだった。それも本郷らしいな」

「妹の宏美さんは薬学部だろ。いまは製薬会社に勤めてるが、いずれ薬局を開いて病院を助けるんじゃないのか」

「優秀な妹だった。周りの者は彼女も医学部に行って医者になると思ってたが、薬学部に行った。兄貴と比べられるのが嫌だったんだろ」

「家族内では色々あったんだ。悩みや迷いなんてない、強引で自分勝手な奴だと思っていたけどな」

　二人の会話が途切れました。近くに人の息遣いを感じます。二人で僕の前に立ち、僕を見ているのでしょう。

「脳移植か。こいつを見てるとそんなに遠い未来じゃない気がする」

　長谷川の声がしました。

「たしかに夢じゃないよな。このまま本郷の脳を誰かの健康な身体に移植できないかと考えてしまう。本郷秀雄の復活だ」

「ひょっとして、彼自身もそう考えているのかもしれない。俺にはとうてい真似《まね》できない彼の強さだ」

長谷川の冷静な声です。僕はこの声を聞くたびに、こいつには根本的なところで勝てないと思っていました。彼には僕にない何かがあるのです。それは何か。優しさとか、より人間らしい迷いや強さ——。最近、彼の声を聞きながら頻繁に心に浮かぶことです。

「ムリな話だ。この実験ですら、学内の同意が得られていない。というより、まだ秘密のままだ」

「どうなってるんだ。教授は動いてるんだろ。それとも大学側がもみ消そうとしているのか。あまりに事が重大すぎて」

「誰も信じないいんじゃないのか。教授の言い方も保身第一で回りくどいから」

「しかし、心臓外科の准教授に聞かれたぜ。おまえのところじゃ、何をやってるんだって。学内じゃ色んな噂が流れてる。サルの脳をブタに移植したというのもあるらしい。それだって、ノーベル賞ものの成果だ」

「そろそろ腹をくくらないと、とんでもないことになるかもしれないな」

谷崎が軽いため息を吐きました。

それっきり、会話は途切れました。

何人かのスタッフがやってきて日常の業務が始まったのです。

歩幅は広めでゆっくりした足取り。体重は重めでしょうか。どこか威圧感を与える歩き方です。尊大な男という感じが伝わってきます。

靴音は僕の前で止まりました。

「富田教授――」

思わず低い声を出しました。おそらく、そうです。

僕がこうなって三度目の出会いです。一度目は――半年以上前です。そのときは谷崎を始めスタッフたちに怒りをあらわにしていました。その後、やはり深夜に一人でやってきて、去っていきました。

噂は聞いていました。大学の倫理委員会に根回しをしている。医師会の大物に直接掛け合っている。政治的に動いている。スタッフから様々な話が切れ切れに入ってきましたが、どれも僕と直接関わろうとしたものではありませんでした。

この実験を世間に公表するにあたり、自分に最も有利になるよう、最悪でもマイナスになることは避けようと動いているとしか思えないものでした。

かすかな息遣いが聞こえます。

「しかし、こうして見ているとと哀れなもんだ。グロテスクな肉塊だ。私はこういうものに生涯を捧げていたのか」

無意識の呟きです。それだけに実感のこもった声でした。否定できない真実の言葉なのでしょう。

「しかし、やはりあいつら、とんでもないことをしてくれたな。論文にもできないし、学会発表など夢のまた夢だ。とはいえ、学問的には素晴らしい成果だ。ヒトの脳をこの状態で半年以上生かすことができたのだ。だが、それでどうなる」

しばらく言葉が途切れました。

「学会発表さえできたら私の学部長も夢じゃない。いや学長にも手が届く。そのくらい、画期的な研究成果だ。しかし――」

水槽の周りを歩く靴音がします。

「人の死の定義は心臓の停止か。それならば現在の科学で数ヶ月、いや数年、生かすことは可能だ。人工心肺を付ければいいことだ。強制的に心臓と肺と動かし、血流を確保して点滴で栄養を与える。その意味では、すでに人間は死をコントロールしている。だったらやはり、人の死の定義は脳の死か」

富田教授の呟きが聞こえます。

第三章　秋

僕は絶望で途切れそうになる意識で聞いていました。

「問題はどう決着をつけるかだ。このまま生かし続けると、いつかは発見される。大学の倫理委員会は大騒ぎだ。マスコミはこぞって取り上げるだろう。私は知らされていない。下の者たちが勝手にやったことだ。これは事実だ」

かすかなため息が聞こえます。

「しかし、やはり責められるのは教授である私だ。水槽のプレートを他の種に付け替えても、DNAを調べればすぐに人だと分かる。発覚したときのダメージの方が大きい。小細工はやめた方がいい。本郷に行きつくのも時間の問題だ。これは、殺人に当たるのか。だが、本郷秀雄はすでに死んでいる。同じ人物を二度殺すことはできない。いや、この脳が生きているという証などない。ただ、腐敗していないというだけだ」

富田教授は呟きながら水槽の周りをしばらく歩いていました。

やがて、深い息を吐くと靴音は遠ざかっていきます。

闇と静寂の中に置かれた僕はこの十分あまりの時を反芻しました。もう、いい加減にやめてくれ。教授の言葉一つ一つが鋭い刃となって僕の精神に突き刺さります。もう、いい加減にやめてくれ。早くこの精神を消し去ってほしい。

闇に向かって叫びました。

7

僕はいつも通り半分眠っていました。

谷崎と高杉の声で目が覚めました。時間はおそらく深夜でしょう。

「久保山って刑事、覚えてるか」

「前に来て、色々聞いてた年食ってた方だな。いつもコールテンのブレザー着てる暑くるしい奴」

「あの刑事の野郎、俺を疑ってるんだ。俺が本郷の車のブレーキ管に傷を付けたんじゃないかって。今ごろになって、何なんだよ」

谷崎の怯えを含んだ声が聞こえます。

「おまえ、本当にやってないのか。俺だって、ブレーキ管が傷つけられてたって聞いたとき、もしかしたらって思ったよ」

今度は高杉です。

「やめてくれよ、おまえまで。冗談でもそんなこと言うな。刑事は本郷がいなくなればナンバー2は俺だから、それが十分動機になるって。バカバカしい。今どき教授のイスなんかを狙ってヤバいことする奴なんていない。テレビドラマや小説じゃあるまいし」

「そんなこと分からないだろ。権力は誰だって握りたい」

高杉の笑いを含んだ声が聞こえます。あの弱気の高杉が谷崎をからかっているのです。考えてもみなかったことです。

「殺したいほどじゃないとしても、本郷をよく思ってない奴は山ほどいる」

「しかし、あの刑事は本気でそんなことを言ってるのか」

「冗談で言えることじゃない。根拠はあるんだろう」

「そうだろうな。俺だって本郷に頭にきたことは何度もある。黙って言われる通りやってたけど」

思わず神経を集中しました。ずっと気になっていたことを二人は話しているのです。

「やはり切れすぎたんだ。あいつが普通にできることでも、俺たちには普通じゃなかった。必死でやっても半分しかできないことだってあった。そういうとき、あいつは容赦《ようしゃ》なかっただろ。人前で平気で罵《ののし》ったぜ。そんな頭でよく医者になったなって言われたことがある。そのうちに患者を殺すとまで。落ちこんだよ」

「分かるよ。俺も何度か同じようなことを言われた。殴りつけてやりたくなった。さらに腹が立つのは、あいつは相手が傷ついてるなんて端から思ってないことだ」

「ほんと、殺したくなった」

谷崎は言ってからまずいと思ったらしく黙り込んでしまいました。

この状態になってから、自分がいかに周囲から自己中心的で嫌な男と見られていたか、十分に思い知りました。

正直、それぞれの出来事について、自己弁護したい気持ちはあります。しかし同時に、事故に遭わなければ知り得なかった仲間たちの僕の評価に、素直に耳を傾けはじめている自分もいる――もちろん、何ができるわけでもないのですが。

しばらく沈黙が続いた後、再び谷崎の声が聞こえました。

「でもそれ以外は、案外いい奴だったんじゃないのか。教養学部のころ、俺が化学実験の単位を落としそうになったとき、徹夜で手伝ってくれた。俺が落第しなかったの、あいつのおかげなんだ。他にも助けられたこと色々あるよ。殺したくなるほど憎んでた奴なんていないと思う」

「だったら、びくびくすることないよ」

「俺が刑事に呼ばれたなんて誰にも言うなよ。変な噂が立たなきゃいいけど」

「でも、誰かがブレーキ管に傷を付けたのが本当なら、それって殺人になるんじゃないのか。逮捕されたら医師免許取り上げられて、人生終わりだぜ」

　二人のため息とともに沈黙が訪れました。

「吉岡の奴、やっぱり最近、少し変なんじゃないか。ここに来ると顔が蒼《あお》くなってそわそわし始める。初めての解剖実習じゃあるまいし。俺の気のせいじゃないと思う」

「まだ臓器に慣れてないんだ。特に人間のものには。こんなところに俺の親父を連れてきたら腰抜かして、吐きまくるぜ。生と死のミックスしたところ。死者を甦らせるところだもんな」

「気持ちの悪いこと言うな」

「もう帰ろう。明日は都立病院の夜勤のアルバイトだ」

　高杉の声で二人は部屋を出ていきました。


　谷崎と高杉が帰って、さほどの時間は経っていません。

　ドアが開く音を聞きました。最初は二人のうちの一人が戻ってきたのかと思いました。しかしすぐに、そうではないことに気付きました。

　靴音は僕の前に立ちました。

「本郷さん、あなたは僕の恩人だ。こうして僕が今も医者でいられるのは、あなたのおかげです。あの時、僕はどうかしてました」

吉岡の視線を感じます。彼はいつもの潤んだような目で僕を見つめているに違いありません。

あの時——僕の深い後悔となって残っている記憶です。忘れようと努力したが忘れられないことです。

二年前の冬でした。インフルエンザの流行時で病院中が患者で溢れていました。僕たちも駆り出されて、患者の対応に忙しい日々を送っていました。担当患者によっては徹夜が続いた者もいるはずです。

ある寒い日の深夜、医局に戻るために病室の前を通りがかった時でした。物音を聞いたのです。病室に入ると呻き声が聞こえます。患者の額には汗が流れ、苦しそうに喘《あえ》いでいる。

点滴液を見て驚きました。ドブタミンです。精密持続点滴注射で一時間五mLからスタートするところが、五十mLに設定されています。そしてもう三分の一が血液中に入っている。

僕は急いで患者から点滴の針を抜きました。患者は心不全。特に体・肺血管抵抗増加を伴う低心拍出量状態でした。すでに血圧低下の副作用が起きています。

誰がこんなミスを犯した。僕はエレベーターの前で吉岡とすれ違ったのを思い浮かべました。時間と場所から考えると、彼に違いありません。

僕は患者のベッドの横に座って見守っていました。

しばらくして、吉岡が入ってきました。

僕の顔を見て、そして患者の容態を見て、何が起こったのか計りかねているようでした。

僕は点滴液のバルブを目で示しました。吉岡の顔色が変わりました。自分のミスの重大性を察したのです。

ほんの三十分程度の出来事でしたが、患者にとっては生死を分ける時間でした。

僕の発見が早かったのと、その後の処置が素早かったことで患者の容態は落ち着いていきました。しかし、事態の重大性は歪《ゆが》められません。

僕は教授に報告することを吉岡に告げました。

「おまえのやったことがどういう結果をもたらすか、分かっているのか。この仕事にミスは許されないんだ。ミスは死につながる」

僕の発見があと少し遅れていれば患者は重篤《じゅうとく》な状態に陥り、最悪亡くなっていたに違いありません。

吉岡は黙ったまま何も答えません。

僕が部屋を出ようとしたとき、吉岡が腕をつかみました。そして突然、僕の前に座り込みました。土下座しているのです。

「今回だけは見逃してくれませんか。お願いします。先日も同じようなミスをしでかしました。その時は直前に看護師が発見して実害はありませんでしたが、教授に報告されてしまいました。教授から厳重注意を受けています。今回のことが教授に知られると――」

「おまえは医者には向いてないのかもしれない。下手したら殺してたんだぞ」

声を潜めて言いました。

ベッドからは何ごともなかったような患者の寝息が聞こえてきます。

「疲れてたんです。患者が立て込んでて。もう絶対にしません」

「初めてでないのなら深刻だぞ。必ずまたやらかす」

「ここ数日、ほとんど寝てないんです。今後は絶対にやりませんから」

「疲れてたという理由で医者に殺されたら患者はたまらない。そんな言い訳は通じない世界だ」

「お願いです。もう、二度とミスはしません」

吉岡は額を床にこすりつけました。

「もし医師免許を取り上げられたりしたら、僕は生きていけません」

医療過誤。医者にとっては致命的なことです。絶対にあってはならないこと。でも医師も人間です。人間である以上、誤診や小さなミスは避けられません。

しかし、そんな医師に患者は命を任せることができるでしょうか。患者が医師に命を預けるときには、絶対的な信頼を持っているはずです。医師は全力でそれに応えなければなりません。だから僕は、医師のミスを許すことはできないのです。

しかし、あのとき僕はどうかしていたのです。何度か教授室の前まで行きましたが、吉岡のあの目と姿がよみがえりノックすることができませんでした。その瞬間から、僕は吉岡と同罪になったのです。

そのまま誰にも話さず沈黙を続けました。何ごともなかったかのように。

幸い、患者は回復しました。後遺症もありません。何も知らず、医師たちに感謝しながら退院していきました。

僕が吉岡のミスを見つけて、事なきを得た。結果的にはそうかもしれません。しかし病院の規則を破って患者の不利益を見逃し、医師の倫理に反したのです。

この事実は僕と吉岡しか知りません。その後の吉岡の患者への献身的な接し方がわずかに慰めとなっていますが。

吉岡は当分の間、僕の顔を正視しようとはしませんでした。

「本郷さんが見逃してくれたおかげで、僕はこうして医師を続けさせてもらっています。でも、僕は苦しかった。しばらくは患者さんの顔がまともに見られませんでした。あの時、本郷さんがミスを発見して、適正な処置を取ってくれなかったら。患者が死んでいれば。何度も自戒を繰り返してきました。医者を続けることもずいぶん迷いました」

深く息を吐く気配がして、低い吉岡の声が響きます。

「何度も夢に見ました。夢ではあなたはあらわれず、患者は死んでいくのです。そして僕はその前に立ち尽くしている。あの時、本郷さんが教授に報告してくれていたら、この苦しみから逃れることができたのに。人間なんて身勝手なものですが、何度もそう思いました。でも今となっては過去の出来事です」

僕は耳をふさぎたい衝動にかられました。

不思議な振動が伝わってきます。一定の幅を持ったゆったりとした揺れです。同時に苦しそうな息遣いが聞こえました。吉岡が水槽に両手をつけて泣いている。

しばらくその状態が続いた後、吉岡は部屋を出ていきました。

人生とは皮肉なものです。僕が忘れようと努めていた真実が、吉岡の中では消しがたい事実として渦巻いていたのです。

人は忘れることによってしばしの休息を得るのです。しかしそれは、気休めにすぎません。本当に忘れ去りたいことは、精神《こころ》の奥ではけっして消し去ることのできない悔恨となってくすぶっているのです。そして何かのおりにふっと現れる。

吉岡が去ってからも僕の中では彼の言葉が激しく渦巻いていました。

第四章　冬

1

秋が去り、冬の気配が感じられるようになりました。

僕に向けられる視線にどことなく慌ただしさを感じます。

詳しくは知りませんが、十二月に入ると患者は急激に増えるようです。町の病院はさらに増えると聞いたことがあります。

冬は寒くなると共に、多くの人の心が弱くなる季節です。だから身体も衰え、病院に行く回数が多くなる。まさに、病は気からという言葉が当てはまる季節だと、先輩の医師が言っていたことを思い出しました。

ドアが開き駆け込んでくる気配がします。複数の靴音。いつもと違っています。

ドアを入ったところで足踏みをする音が聞こえました。

「雪が降るなんて思わなかった。かなり激しく降りそうだ」

「こんなの僕の故郷じゃ、雪が降るなんて言いませんよ。すぐにやむでしょ」

「おまえ、どこ出身だっけ」

「青森です。この時期、すでに百二十センチの積雪だそうです。ここ数日の雪で、死者も二人出ている。二人とも八十歳以上の男女。女性は雪かきで屋根に登り転落。雪に埋もれていたそうです。男性は軽トラックで孫を迎えに行く途中、路肩から転落。エンジンが止まって凍死です」

「田舎は高齢者が元気なんだな。亡くなった方には気の毒だが」

「高齢者が元気なんじゃなくて、高齢者しかいないんだ。悲しいことに」

研究室のスタッフの会話、昼休みや夕方、時おり流れるラジオニュースや音楽から十二月に入ったのを知りました。窓から差し込む光にも秋のまろやかさは消え、冬の厳しさと寂しさが含まれていることでしょう。

スタッフの会話は続きます。

「どうした、元気がないな」

「患者の一人が末期の肝臓癌だ。今日、家族に告げたんだが、本人に言うべきか迷ってる」

「そりゃ言うべきだろ。患者がいちばん知る権利がある。自分自身のことだものな」

「分かってるけどな。あなたの余命は長くて一年ですとは言えないよ。まだ六十歳だぜ。退職前に健康診断受けたら分かったんだ。うちには精密検査にきた」

「子供はもう成人してるんだろ」

「三十二歳の息子がいるらしいがプータローらしい。ずいぶん前から引きこもりだ。奥さんはヘルパーとして働いている」

「息子も親父の状況を知れば少しはシャキッとするんじゃないか」

それっきり会話は途絶えました。

部屋を歩き回って装置の記録を取ったり調整する気配だけが伝わってきます。

彼らの会話を聞きながら、僕は一人の患者を思い出していました。

その人は柴山福太郎《しばやまふくたろう》さん。僕が医学部を卒業して三年目のことでした。

柴山さんは僕のことを無言で見ていました。僕の様子でよくない話だと察していたのでしょう。

「末期の胆管癌です。余命は最長で半年です」

僕は思い切って告げました。

自分は何の病気か知る権利があると、柴山さん本人から強く迫られたのです。

柴山さんに取り乱した様子はありませんでした。僕から視線を外し何度も軽く頷《うなず》いていましたが、やがて僕を見つめました。

「先生にお願いがあります。癌のことは家族には言わないでくれませんか」

「普通、逆なんですがね。家族に告げて、患者には口止めされる」

「うちの家族の奴ら、意気地がなくてね。きっと何もできなくなる。ところで、私、家には戻れますか」

「手術はできませんが抗癌剤治療、X線照射であと半年は延びるかもしれません。副作用の可能性はありますが、病院に残って治療することをすすめます」

　僕の言葉を柴山さんは黙って聞いていました。

「治るってことはないんだろ」

　柴山さんはしばらくの沈黙の後、言いました。

　僕は頷くほかありませんでした。

「今はおかげで痛みはない。このまま家に帰るとどうなる」

「病状が進むにつれて体力が低下し、起きられなくなります。全身に痛みも出てくるでしょう。でも痛みはある程度、薬で抑えることは可能です」

　柴山さんは下を向いて考え込んでいましたが、やがてふっ切れたように顔を上げました。

「俺は今を大事にしたい。その後はその後のことだ。家に帰らせてくれ」

柴山さんの表情と声の様子から、それはけっして絶望から出た言葉ではないと感じました。むしろその逆、どこか希望を感じさせるものでした。おそらく、何かやりたいことがあるのでしょう。

柴山さんは五十七歳。二週間前に体調を崩し、検査入院していたのです。入院して三日目に僕が病室に行くと、息子が見舞いに来ていました。

「先生、食べてみてください」

息子は僕の顔を見るなり、和紙に乗った綺麗な和菓子を差し出しました。

「ダメだ、そんなもの先生に食わしては」

柴山さんの声がしましたが、僕は摘《つま》んで口に入れました。

ほんのりとサクラの香りのする菓子でした。

「美味《おい》しいですよ。こんなに美味しい菓子を食べたの初めてです」

僕は半分お世辞を込めて言いました。

「ウソだろ。先生は本当にうまい菓子を食ったことがないんだ。俺が作るのを食ったら、こいつの菓子なんて食えないよ」

そのとき初めて、柴山さんが下町の和菓子職人だということを知りました。

僕が胆管癌だと告げた二日後、柴山さんは迎えに来た家族と帰っていきました。

その半月後に、息子が僕を訪ねてきました。

「親父が作った菓子です。先生に食べてもらって感想を聞いてこいって」

見た目は息子の作ったものと同じです。

僕は一口食べました。

「どうです」

息子は真剣な表情で身を乗り出してきます。

「ダメです。僕には微妙な味の違いなんて分かりません。でも、美味しいことには間違いない」

「どううまいか言ってくれませんか。きっと親父に聞かれます」

「難しいな。お父さんの菓子の方がお父さんらしいというのかな。味がはっきりして大きく感じる。でも正直分かりません」

僕は色々考えながら言いました。

息子は何度も頷いていました。

「実はお父さんは――」

僕は思い切って言いました。やはり家族も知っておくべきだと思ったのです。それになぜか、この家族なら柴山さんをうまく受け入れるだろうと思えたのです。

「親父から聞きました。病気のことも残りの時間のことも。家に帰って、しばらくして話してくれました」

息子は僕の言葉を受け継ぐように答えました。

そして、大丈夫というように笑みを浮かべました。

それから三ヶ月後、息子が僕を訪ねてきました。

「先週、親父が亡くなりました。突然倒れて、掛かりつけの医者が駆け付けたときにはすでに――。でも親父は幸せだったと思います。最期まで自分の我がままを通すことができて」

柴山さんは予想より早く亡くなったのです。

僕は軽い後悔を感じました。病院で管理していれば、もう少し長く生きることができたかもしれない。

「先生は俺を帰したことを後悔してるに違いない。だから、俺にもしものことがあっても、気にしないように言ってくれって。先生には感謝してると伝えてほしいと。まだ元気なときに、しつこいほど私に言ってました」

息子はそう言って頭を下げました。

「これは私が作ったものですが食べて下さい」

紙袋から取り出した菓子折りを僕の前で開けました。もう見慣れた菓子です。僕は一つ摘んで口の中に入れました。ほんのりとした甘みが口中に広がります。柴山さんが作った菓子と同じ味です。

なんとなく、僕は分かったような気がしました。柴山さんは、この味を息子に伝えるために家に帰ったのだ。

「僕の感想、お父さんになんて言ったんですか」

「先生は親父が作った菓子の方が、私のより百倍もうまいって言ったと」

息子は僕を見て笑った。

「親父はバカ野郎って。せいぜい十倍うまい程度だって。でも、これって私を認めてくれたんです。親父独自の言い方で」

「あなたのお父さんは、あなたのような息子を持って幸せだった。あなたに自分の持つすべてを残すことができた。これからは、あなたがお父さんとして生きて下さい」

息子の目にうっすらと涙がたまっている。

僕は話しながら自分の父のことを考えていました。彼は僕という息子を持って、果たして幸せだったのだろうか。

息子は改まった顔で私を見ました。

「親父は先生に診てもらって、病気のことを正直に言ってもらって、ふっ切れたと言ってました。人はいずれ死ぬ。それが多少早いか遅いかにすぎない。だったら好きに生きよう。後は成り行き任せだって。すべてを受け入れたんだと思います」

「柴山さんらしい生き方だ。自分の命を生き切った」

そのときは分かりませんでしたが、これが命の伝承かもしれません。一つの命が消えても次に引き継がれていきます。

しかし僕はまだ自分の生と死に対して、すべてを受け入れてはいないようです。

その日の夕方だと思います。何人かのスタッフは帰っていきました。

突然、辺りが騒がしくなりました。

「停電だ。血流ポンプは手動に切り替えろ」

長谷川の怒鳴るような声が響きました。

「急げ。血流が途絶えるとすぐに死んでしまう」

「懐中電灯を集めろ」

走り回る靴音と叫ぶような声が聞こえます。

すでに暗くなった室内には懐中電灯の光が交差し、計器の前に置かれたランタン型のランプの光が数値を照らしていることでしょう。

非常時の訓練は何度かやりましたが、直接患者と関係のない研究室では本気でやったことなどなかったのです。

「慌てるな。すぐに予備電源が作動する」

「でも血流が——途切れたらすぐに脳は——」

「手動ポンプは誰がまわしてる」

「吉岡がやっています」

吉岡——彼が血流を維持するためのポンプを手動で動かしている。

「予備電源はまだ入らないか。停電が長すぎるぞ。誰か吉岡を手伝え」

僕の命は吉岡に託されているのです。ハンドルを必死に回す吉岡の姿が浮かびました。

「事務室に問い合わせろ。予備電源の作動はまだか」

そのとき騒ぎ声が消えました。ホッとした空気が伝わってきます。

「ただちに実験体の状況と計器をチェックしろ」

長谷川の声とともに歩き回る音が聞こえます。

各種計器の名とともに、「異状ありません」の声が上がり始めました。予備電源が作動し始めたか、電源が回復したようです。

管轄の変電所にトラックが衝突し、大学病院を含む約三百の建物が停電になったそうです。停電時間は約四分。脳の血流停止から三分程度で脳には重要な問題が発生します。

ほんの数分にも満たない時間でしたが数時間にも感じるものでした。

僕は吉岡の声を探りましたが、彼が声を出すことはありませんでした。

2

やがて事故から七ヶ月がすぎようとしています。

闇の中で昼と夜は、相変わらず単調に緩慢《かんまん》に繰り返されていきます。空腹も痛みも、寒さも暑さも感じない世界で、時間だけがすぎていきました。

僕の精神《こころ》はすでに生きることを放棄しているようです。徐々に闇に同化していきました。

起きているよりも眠っている時間が長くなりました。その眠りも浅く、回数ばかりが増えています。

以前ほど、周りの様子に興味が持てなくなりました。絶えず過去と現在、現実と夢とが交差して、狂気と正気の狭間をさまようのです。孤独と闇とがこれほど人の精神《こころ》を蝕《むしば》み、生きる気力さえ奪い去るとは思いませんでした。

僕が外の世界への興味を失ったと同様、外の世界の人たちの僕に対する興味も次第に薄れていくようです。脳波データをチェックし、血液と栄養液を補充し、生命維持装置を点検する仕事も日々のローテーションワークに組み入れられました。論文発表が封じられたままの研究に、スタッフ全員が疲れと苛立ちを感じているのが分かります。

本郷秀雄という人間は、徐々に個性を失い、検体009へ変わり、それも近い将来、隣に並ぶ水槽、サルやヤギと同じ意識で見られるでしょう。

008のヤギの脳は夏の終わりに水槽から出され、解剖されました。

電極を刺した周辺の細胞の壊死が著しかったことと、血管に入り込んだ壊死した細胞で脳梗塞《のうこうそく》を起こし始めたのです。僕が予想して、注意するように言っていたことです。

「これ以上、生かすことは諦めよう」

谷崎の判断で解剖が決まりました。

切り刻まれ、組織観察され、残りはアルコールに入れられて壁の棚に他の標本と一緒に並べられています。

闇の世界の住人になりつつあるといっても、精神《こころ》が完全に闇に慣れきったかといえばそうではないのです。やはり精神《こころ》の奥では闇の深淵《しんえん》さに脅え、光を求めてさまよっているのです。すでに光の明るさ、温かささえも忘れようとしているのに、閉ざされた未来に憧れを抱いているのです。

いつもならスタッフであれば誰の靴音か分かるのですが、この靴音は誰のものとも違って聞こえました。

歩幅、床を打つ強さ、そしてリズム。そのどれもが狂っている。酒を飲んでいるのか、精神《こころ》のバランスがよほど普通ではないのか。それとも両方なのか。しかしどこか聞き覚えがある。

靴音は僕の前で止まりました。僕を見つめているのでしょう。今まで経験したことのない気配を感じました。乱れた息遣いさえ聞こえてきそうです。

「本郷さん――」

吉岡です。細い消え入るような声が聞こえました。

かなり長い間、沈黙が続きました。

「申し訳ありませんでした」

震える声と共に水槽を叩く気配が伝わって来ます。彼は何をやっている。

「僕があなたをこんな姿にしてしまいました」

そう言うと沈黙が続きます。さらに長い沈黙です。

低い不思議な音が聞こえてきました。泣いているのです。吉岡がすすり泣いている。

同時に水槽を打つ音も感じます。

「ブレーキオイルの管に傷を付けたのは僕です」

久保山の話を聞いて以来、何十回、何百回もあのときの状況を思い浮かべてみました。

のしかかってくる大型トラックの運転席。恐怖に歪んだ運転手の顔。僕は確かにブレーキを踏み込んだ。ずっと考え続けてきた結果の結論です。

あの状況ではいくらブレーキを踏んでもトラックを避けきれたとは思えません。今の僕にとってはどうでもいいことです。しかし、やはり平常ではいられませんでした。

「死ぬことも考えましたが、できませんでした。僕には勇気もないし、精神的に強くもありません」

水槽を打つ音。彼が頭を打ち付けているのに気付きました。

「僕は医師として犯してはならないミスをしてしまった。それをあなたが救ってくれた。患者の命を救ってくれただけではなく、僕に医師を続けるチャンスさえくれた。この恩は忘れてはならないと心に刻んでいました。可能ならば、あのミスを挽回《ばんかい》したい。あなたに、あの男を助けたことは無駄ではなかったと思われたい。そう思い続けて、僕なりに必死に努力をしてきました。でも……」

僕は吉岡の姿を想像しました。弱く臆病で、いつも何かを恐れている。僕がいちばん避けてきた姿です。

「心の奥底では、常にあなたを恐れていたのです。そして、事故の前日です」

言葉が途切れ、沈黙が続きます。

僕を見つめているのでしょう。彼の表情を想像しようとしましたができませんでした。

「あのとき、僕の心は完全に折れました。張り詰めていたモノが消えてしまうのを感じたのです。本郷さん、あなたにとっては僕の存在など、ゼロだったのではないのですか。存在すら眼中にない。どうでもいい存在。無能で、近くにいるだけで目障りなもの……」

そうじゃない。あの件は僕だって苦しんでいた。

僕は全身で叫びました。

「事故の前日のことを覚えていますか。おそらく、あなたは覚えていないと思います。僕は脳腫瘍手術後回復例の学会発表の下書きをあなたに預けていました。部屋に受け取りにいった時、あなたは電話をしていました。僕を見ると、携帯電話を耳に当てたまま言いました。ダメだよ、これじゃ。前に注意しただろ。全然直ってない。おまえ、トロいぞ。書き直せよ。本郷さん、あなたは机の上にあった論文を僕に投げ返しました。忙しい本郷さんにとったら、手渡したつもりだったのでしょうが、僕には投げ返されたように思えたのです」

深く息を吐く気配がする。

僕はすべての神経を集中して聞いていました。

「僕にとっては、全能力を傾け、時間をかけて書き上げた自信作でした。直前の数日はほとんど寝ていません。僕なりに二年間の集大成にしたいと思っていました。それをあのように簡単に否定されると、どうしていいか分からなくなるのです」

吉岡の荒かった息遣いが次第に落ち着いてきました。

反対に僕の心は乱れ始めています。

「僕は本郷さんに助けられました。大恩を感じています。なんとかそれに恩返しをしようと頑張ってきましたが、あの瞬間、僕の心は折れてしまいました。僕は知ったのです。あなたの中には、僕のことなどなかった」

違う、それは違う。僕は必死に叫びました。

「いやな奴だった」という谷崎と高杉の会話が重なります。あの日のこと——たしかに吉岡に渡された論文を読んで、直すように言って返した記憶はあるのですが、状況までは覚えていません。おそらく、あとでゆっくり話そうと思って論文を返したのです。

あの時は、秋子と携帯電話で話していました。彼女は何かを僕に言いたかったのです。何か大切なことらしく、言い淀んでいました。僕と吉岡との対話を聞いて、「あとで話すわ」、秋子はそう言って電話を切ったのですが、彼女はそれを僕に話してくれたのでしょうか。

「そして事故の当日、本郷さんは病棟の裏の駐車場で車の整備をしていました。車のボンネットを開けたまま、どこかにいったでしょ」

そうだ。ロッカーに工具を取りにいったのだ。

「その時、ブレーキ管に傷を付けたんです。エンジンの上にあったヤスリでこすりました。ブレーキオイルが少しずつ漏れて、いずれは気づくと思ってたんです。あなたに死の恐怖を味わわせたかった。でも――こんなことになるなんて」

再びすすり泣く声が聞こえてきます。

「この七ヶ月あまり、僕は苦しみ続けてきました。自分の行為を隠すのに必死でした。あなたを生かすことで、少しはこの苦しみから逃れられるかもしれないと思い、懸命に働きました。でももう、こんな本郷さんを見ているのには耐えられない。それに、間違っているとも気付きました。あなたは決して生きることを望んではいない。僕は出頭するつもりです」

吉岡は静かな声で言いました。

僕の興奮は急激に引いていきました。自分でも驚くほどです。やっと自分の運命を受け入れたのかもしれません。

しかもこのとき、吉岡に同情すら感じていたのです。以前の僕なら考えられなかったことです。

ガラスが擦れる音が聞こえました。吉岡が手を触れているのでしょう。

僕はわずかな混乱を覚えました。自分のことではありません。吉岡の身に起こることを考えたのです。

やがて、入ってきた時よりしっかりした靴音が聞こえました。今度は吉岡だとはっきり分かる靴音です。その音が遠ざかり、ドアを閉じる音が響きました。

僕は吉岡を思い浮かべました。小柄で真面目そうな男です。いつも小さな声で遠慮がちに話しました。確かに僕の好みの男ではなかったようです。彼と話すとき、苛立ちを覚えていたのは事実です。

しかし彼の論文を投げ返したという記憶はありません。ただあのときは、秋子の電話と、迎えに行くために急いでいたことは間違いありません。そのために、そう取られたのかもしれません。

「嫌な奴だった」再び、谷崎の言葉が浮かびます。僕は無意識に人を傷つけていたのかもしれない。しかし、今となっては謝ることもできません。

翌日の夜、ドアが開き靴音が近づいてきました。

この音は、谷崎です。いつもとは足取りがわずかに違っている。酔っているのでしょうか。僕の前に立って無言で見つめている。

「おまえは、こんなになっても罪作りな奴だな」

谷崎がぼそりと言いました。

そして考え込むように黙っています。僕の精神《こころ》に吉岡の姿が浮かびました。

「今日、吉岡が警察に出頭した。驚いたよ、あいつがおまえの車のブレーキ管を傷つけたんだ。あの意気地なしで自分の意思なんて持ってないような吉岡がだぜ」

床を引きずる音と金属がきしむ音がします。

谷崎が椅子を引き寄せて座ったのでしょう。

「久保山も驚いてたよ。一番やりそうにない男だからな。小心で真面目な奴だった。その意気地なしがあんな大それたことをするなんて、よほど思い詰めていたんだ」

それで、吉岡はどうなった。僕は谷崎に向かって問いかけました。

「吉岡の点滴ミスをおまえが救ったことも、論文のことも聞いた。おまえにとっては吉岡は勝手に悩んでいただけかもしれないが、あいつには殺したいほどおまえが憎かったってことだ。おまえにはあいつの気持ちなんて分からないだろ。弱者の気持ちなんて考えたことないものな。でも、世の中の九十九パーセント以上が、おまえよりできの悪い人間なんだ。おまえはそういう者たちの気持ちを想像したこともないだろ。いるってことすら気付いてない。俺だって、おまえから見ればその他大勢の馬鹿の一人にすぎないんだ」

カタリと音がしました。缶を机に置く音です。谷崎はビールを飲んでいるのでしょう。

「吉岡の母親が飛んできたよ。研究室に来て、俺たちに申し訳ないって頭を下げて回った。おまえの家の住所を聞いてたから、謝りにいくんだろ。そして位牌に手を合わせるんだ、おまえのな。俺が先に警察に送るって言ったら、断られたよ。息子に会うより先におまえの家にいくんだ」

ドンと机を叩く音が聞こえました。

そして、かすかなため息とともに立ち上がり、出ていきました。

僕の動悸《どうき》は激しくなりました。こうなる前は、谷崎は陽気で調子のいい奴と思っていたのです。ただ、何かの拍子にふっと僕から視線を外し、黙り込むのには気付いていましたが、深くは考えませんでした。それが彼の性格だと気にも留めなかったのです。

いや、他人を馬鹿にするというより、そもそも自分が思っているほど、他人に対して関心がなかったのでしょう。彼らのためと思いやっていたことも、実は自分の満足のためだったのかもしれない。それがどれだけ人を傷つけていたか……その事実を思い知りました。

3

真夜中、ふっと目覚めました。

深い暗黒の中で、静かに漂う自分の精神《こころ》を見つめていました。

その時、彼方から闇の粒子をかき分けるように、高く澄んだ音が聞こえてきたのです。

木槌《きづち》をゆっくりと、しかし力強く打ち降ろす音。それは水槽の水に静かな波紋を作り、乾いた精神《こころ》に分け入ってくる、落ち着いた優しい響きです。

音はこの部屋の前で止まりました。

やがてドアの開く気配がして、真っすぐ僕の前にやってきます。

僕の中で何かが大きく膨れ上がりました。それは次第に深い淵に沈んでいく記憶と感情の袋が、一気に浮上してきたようなものです。

僕の精神《こころ》は懐かしさに震えました。

秋子、秋子です。彼女に違いありません。無言で水槽の前に立っているのは秋子なのです。彼女も、僕が彼女の存在を感じていることを分かっているはずです。

「秋子。僕はきみがいることを知っている。きみを感じている」

僕は叫びました。何度も、何度も。

その時、啜《すす》り泣《な》く声を聞いたのです。そうです。彼女は泣いている。

僕は我に返りました。そして自分が取り乱したことを恥じました。彼女の涙を誘う、醜く無力な自分の姿を思い浮かべたのです。

「やはり連れてくるべきじゃなかった。しかし、アメリカに帰る前の僕の義務だと思った。きみと本郷とを会わせることが――」

長谷川の声を聞きました。秋子に気を取られて、長谷川の靴音を聞き漏らしていたのです。

「ごめんなさい。泣いたりして」

秋子の声は小さいがしっかりしていました。

「覚悟はしてたんだけど、実際に見るとやはり……」

「当然だ。平気でいられるほうがおかしい」

「でも私、やはり信じられない。これが秀雄さんだなんて」

「事実なんだ。残念だけど」

「でも……。死んだって信じてたから」

「本郷は死んだ。そう思ったほうがいい。ここにあるのは彼の身体の一部、遺骨や遺髪と同じだ。彼はもういない」

「じゃあ、これは何なの」

秋子が静かな口調で言いました。長谷川の戸惑う気配を感じます。

「やはり秀雄さんなんだ。秀雄さんは生きているのね」

「死んだと同じなんだ。これで生きていると言えるか」

「ひどい……。そんな言い方なんて。あなたたちがこんなにしておいて」

再び啜り泣きが聞こえてきます。

「どうすることもできなかったと聞いてる。大学病院に運ばれてきたとき、身体はずたずただった。カルテを見ても間違いない。事故のとき一緒だったきみが一番よく知っているはずだ」

「分かってる。でも……。こんなにまでして生かしておくなんて……」

「見せるべきじゃなかった。やはりきみには残酷すぎた」

しかし、と言って長谷川は考え込んでいる様子でした。やがて決心したように話し始めました。

「これは科学なんだ。医学の歩むべき一つの過程だ。いやそれも正確な言い方じゃない。医学を超えようとしているんだ。ここの若手たちは生体としての人間の本質に迫る研究としてとらえている。リーダーだった本郷がもっとも理解している。僕はそう思うようにしている」

「それって間違ってる。医学は人を救うためにある。生命を弄ぶためじゃない。医学部に入った年、医学倫理で習ったでしょ。秀雄さんは人間なのよ。サルやヤギじゃない。あなただって人間として生きて、人間として死にたいでしょ」

「他に方法がなかったとしたら。これが彼を救う唯一の手段だとしたら」

「救う？　あなたたちは本気でそう思ってるの。私はごめんだわ。こんなになってまで生きたいとは思わない。秀雄さんも、きっとそう言う」

「これは彼が作った装置なんだ。彼の目標は、人の脳を生かすことだった。そしていずれ移植へとつなげる。そのために研究を続けてきた」

「たとえそれが事実だとしても、そんなの間違ってる。これじゃ実験動物と変わらない。医学の進歩に名を借りた人体実験よ」

「分かってる。僕だって十分に分かってる。しかしきみの前では、僕も教授や谷崎と同じことしか言えないんだ」

「でもひどすぎる。こんな状態で——」

僕は耳をふさぎたい衝動にかられました。秋子の声は苦しそうで、精神《こころ》の深部から絞り出すような響きを持つものでした。

僕は秋子に僕自身の研究について詳しくは話していません。秋子の生を生みだす医学とはかけ離れていると考えたからです。でも今思うと、秋子が詳しく聞こうとしなかったのは、僕の言葉の端々から、かなりの部分を推察していたのかもしれません。

「本当のことを教えて。秀雄さんは生きているの。秀雄さん自身の意思を持って、考え思いながら」

「脳は傷付いてはいない。思考力はまったく問題ない。少なくとも医学的には」

長谷川が大きく息を弾ませながら言いました。

「じゃあ、秀雄さんには私が分かるのね。私がここにいることが」

「分かるとも。彼は必ず彼の世界できみのことを考え、思い続けている」

「秀雄さん——あなたは本当は何を望んでいるの」

秋子が僕に語りかけてきます。

「あなたは何もできない。でも私なら——あなたが望んでいるのは——」

次第に秋子の声は高ぶり、僕の精神《こころ》の中に直接問いかけるような、強い響きをおびてきました。耳をふさぎたい思いにかられました。

いったい僕は何なんだ。人間なのか、それとも醜い化け物なのか。秋子の言葉は、僕がこの一年近くにわたって闇の中で対峙し、恐れてきたことです。僕が秋子に望んでいることは――。

その時、激しい衝撃を感じました。ガラスを打つ鈍い響き。

やめるんだ！　長谷川の太い声。荒い息遣いと、もみ合う音。何かが倒れ床に転がりました。

鐘楼《しょうろう》を打つような遠くて重い響きが続きます。秋子がこぶしで水槽を叩いているのです。

二度、三度――。秋子は無言でガラスを打ち続けます。ガラスを割ろうとしているのです。そして、僕を救おうと――。

「やめろ！　本郷を殺すのか！」

「私は秀雄さんを助けたい。このままこんな姿で放っておけない。きっと今の自分の状態に苦しんでいる。死ぬ以上の苦しみにちがいない。お願い、秀雄さんを自由にしてあげて」

「本郷はたった今も、きみのことを考えているのかもしれない」

突然、激しい衝撃がおさまりました。

秋子がガラスを打つのをやめ、長谷川に水槽から引き離されたのでしょう。

啜り泣く声が聞こえます。

「秀雄さんの心を知りたい」

秋子の静かな声が聞こえます。

先ほどの高ぶりが嘘のように、落ち着いた声でした。

「それは我々も同じだ。だから研究を続けている。この状態ではＭＲＩに通すことも、電極を刺すことも難しい。今の医学では彼から得る情報は、脳波だけだ。α波とβ波とθ波だ。思考を読み取るなんてとてもできない。以前頻繁に見られた動揺も、今では非常にまれで小さくなっている。精神《こころ》に何らかの変化が起こったことは確かだと思うが、それが何かは分からない。彼が外部の世界を覗くことができないように、我々も彼の世界を知ることはできない。まったく別の世界にいるんだから」

別の世界。そうなのかもしれません。お互い触れ合えるほど近くにいながら、一つになることはない。それは生と死の隔たりにも等しいものです。

「秀雄さんは今日覚めているの」

「おかしいな」

長谷川は計測器を調べているのでしょう。

「β波だ。彼は起きてる。しかも、ひどく動揺している」

たしかに僕は動揺していました。秋子が取り乱したこと、そして長谷川の言葉は僕を代弁していたからです。

「分かるのよ。秀雄さんには分かってる。ここに私がいることを」

「まさか。でも――」

「あなたたちには分からない。でも確かよ。秀雄さんは私がいることを知っている。私の声を聞いている」

「興奮しないで。これくらいの乱れは今までに何度もあったんだ」

「そうじゃない。私には分かる。秀雄さんは私の声を聞いている」

秋子は長谷川の言葉を否定して繰り返しました。

秋子が僕を見つめている。僕は秋子の視線を感じることができる。

「もう帰ろう。きみが水槽を叩いたりしたからだ。衝撃で脳波が乱れたんだ」

長谷川は自分自身に言い聞かせるように言いました。

「違う、見て。この乱れはその前からよ。ちょうど私が来た時。秀雄さんは私がいることを知っている」

秋子の声は喜びに震えていました。

「馬鹿な」

「そうよ。そうなのよ」

秋子が長谷川の声を無視して続けます。

「秀雄さん、分かるんでしょ。あなたは私がここにいることを知ってるんでしょ」

秋子が僕に向かって叫びました。

そう、その通りだ。僕はきみがいることを知っている。僕は秋子に向かって叫び返しました。

「秀雄さん、あなたは私に何を望んでいるの。どうしてほしいの」

しばらく言葉が途絶えました。秋子は何か考えている様子です。

「私と秀雄さんの脳をつなぐことはできないかしら」

秋子の声が聞こえ、長谷川の驚く気配が伝わってきます。

「電極でつないだからと言って、意思の疎通ができるわけじゃない」

「でも何か分かるんじゃない。脳波以上のことが。悲しんでる、苦しんでる、寂しがってる、怒ってる。秀雄さんの意識の一端でも知りたい。何でもいいから共有したいの」

「馬鹿なことを言うな。きみも医者だろ。そんなこと不可能だ」

「だったら、こんなことやめるべきよ。ただモノとして生かしておくだなんて。ひどすぎる」

沈黙が続きます。冷ややかな緊張感が漂い、彼女と僕との間が細いけれど強い一本の線で結ばれているのを感じました。

「秀雄さん、あなたは本当に生きることを望んでいるの」

秋子が今までとは打って変わって、穏やかな声で問いかけてきます。

「秀雄さん、答えて。私は今でもあなたを愛している。でも……秀雄さんが……こんな姿で……私は……耐えられない……」

秋子！　僕は必死に叫びました。

「きみは死にたいと思うかい」

長谷川の声が聞こえます。

「思わない。普通の状態ならば。でも、私が秀雄さんだったら――死を選ぶ」

「これは安楽死や尊厳死とは違うんだ。彼は医学上偉大な貢献をしているし、彼自身それを十分承知している」

「信じない。たとえそれが本当でも、本音はどうなの。誰がこんなになってまで生きたいと思うの。そうよ、秀雄さんは苦しんでる。私を待っている。私がこの状態から救い出すことを。私がこの装置を止めることを」

秋子の声は冷静でした。ついさっきの興奮は感じられません。

しかし途中から声が震え始めました。泣いているのかもしれません。

「馬鹿なことを言わないでくれ。他のスタッフに聞かれたら大変だ。さあ、もう帰ろう。長くなると不審に思われる。忘れるんだ。辛いだろうが」

「できない。忘れるなんて。私は一生この秀雄さんの姿を心に刻んで生きていく」

長い沈黙の後、再度長谷川の促す声がします。

やがてまた、木槌で床を打つ高い音が響き始めました。単調だが力強い響きです。

それが松葉杖であるのに気付きました。杖が床を打つ響き。

十ヶ月あまりたった今も、秋子の傷は癒《い》えてはいないのです。この先、元の身体に戻ることはないのでしょうか。もし下肢に異常が残れば、医者としての人生は制約を受けるでしょう。

ドアを出て、廊下を遠ざかっていく秋子の杖と靴音を追いながら、そうでないことを祈り続けました。

この日を境にして、僕の精神《こころ》にわずかながら生きたいという気持ちが芽生え始めました。それはまず、外の世界への興味となって現れました。昼間眠るのをやめ、スタッフの話に耳を傾けました。少しでも秋子に関する情報がほしかったのです。

だがすぐに無駄なことが分かりました。実際、この部屋で秋子の名を聞いたことはほとんどないのです。不思議に思えるほどでした。彼らの間で、秋子の話をすることが禁止されているとでもいうのでしょうか。秋子はそれほどひどい状況にいるのでしょうか。

さらに長谷川の動向も気にかかりました。アメリカに帰るという話を聞いてから、彼が実験室に来る回数は減っています。彼がいなくなることは、この研究室には大きな損失であると共に僕にとっても寂しいことです。

秋子が深夜に現れてから、十日ばかりたった日でした。

思いがけない話を聞きました。僕たちの乗用車に衝突したトラックの運転手が自殺したというのです。事故現場近くの道路で、走ってきた大型トラックに飛び込んだのです。

「二十五歳だったんだろ。若いな。家族は二歳の女の子に奥さん。あの事故の後、奥さん、流産したんだったな。あんなことが起こる前は、仲のいい家族で評判らしかった。たまらんな」

新聞を読みあげた谷崎は、大きなため息を吐きました。

「実は彼、入院してたんだ。精神科だ。同期の田辺を覚えてるだろう。あいつの勤めている病院でね。先月の医師会の会合で会った時、聞いた。事故の責任を感じておかしくなっていたらしい。一時は警察に勾留《こうりゅう》されていたけど、あまりに精神的動揺が激しいので病院に送られたようだ。なんせ、有能な若い医者を二人も駄目にしたんだ。病院を抜け出しての自殺だ」

高杉の声です。

「責任は全面的にその男にあったんだろ。居眠り運転のスピードオーバー。百三十キロ近く出てたらしい。センターラインを越えて突っ込んできたんだから、本郷もたまらんよ」

「確かにそうだけど、彼ばかりを責められない。会社の体質も大きな問題になった。あの日も東京と九州、とんぼ返りってやつだ。その運転手、田舎に病気の母親がいるらしくて、経済的にも無理をする必要があったんだ。田舎じゃ評判の孝行息子、近所じゃいいお父さんだったらしい。田辺も同情してた」

「運命だね。その運転手も本郷も。ついでに吉岡もだ。彼、大学に退職願を出した。まだ起訴されてはいないが、おそらく受理されるだろう」

話題はすぐにスポーツに移りました。

僕はうろたえました。事故の当初は運転手を憎みました。僕と秋子の未来を奪ったのです。闇の中にその男を描き、憎悪の精神《こころ》と言葉を投げ付けました。彼を呪い、破滅を願いました。そうすることで絶望の中に一つの目的を見出したかったのです。

しかし、思ったほどには憎めなかったようです。人は大きすぎる絶望には、その過程など考えるゆとりはないのです。彼をまったく知らなかったのも、中途半端な憎悪しか抱けなかった理由の一つです。

闇に浮かぶ男の顔は、常にぼんやりした光に包まれ、明確な輪郭はありませんでした。その中へ様々な顔を入れてはみましたが、二歳の娘を持つ二十五歳の親孝行な男、良き父親の顔はあったでしょうか。

罪の意識に耐えかねて精神《こころ》を病み、病院から抜け出して自殺するくらいですから、善良で小心な男だったのでしょう。

男に同情すら覚えました。残された妻や子供、母親のことを考えると、彼も被害者であるような気さえしてきました。どういう思いを残して死を選んだのでしょうか。

そして吉岡。彼の将来はどうなるのでしょうか。谷崎の言うようにこれが運命というものかもしれません。

しかし、最後に自分の運命を自分自身で決める自由をもっていたその男と吉岡は、やはり僕よりほんの少し幸福だとも思うのです。

ひたすら秋子を待ち続けました。闇の中に秋子の面影《おもかげ》を描き、語りかけ抱擁《ほうよう》しました。

闇の一点を見つめていると、その一点が次第に広がり、滲むように揺れながら秋子の姿に変わっていくのです。今もあの柔らかい肌の感触が精神《こころ》に伝わってくるのです。

それから何日か経ちました。いや、ほんの二、三日なのかもしれません。

久保山の靴音に違いありません。

靴音はドアから立ち止まることなく僕の前に来ました。

長い沈黙が続きます。

「もっと早く来たかったんだがな。俺もこう見えてけっこう忙しい。今、通り魔事件を追ってる。老女ばかりを狙って殴って逃げるんだ。物盗りでもない。ただ殴る。まったく、おかしな時代になったもんだ」

久保山が僕に話しかけてきます。相棒にではなく、僕にです。

「ところで、俺がここに来たのは一つ報告があるんだ」

言葉が途切れました。

「先週になるが、吉岡が出頭してきた。自分が本郷の車のブレーキ管に傷を付けたって言うんだ。理由はおまえに医療過誤を指摘されたと言ってた。点滴液の投薬量のミスだ。他にも論文を付き返されたっていうんだが、どうにも俺には理解できない。医療過誤の問題は自白だけだ。専門家にカルテを見てもらったが、おかしなところはないそうだ。書き換えた形跡もない。点滴ミスをされたという患者にも会ったが、元気に働いてる。本人はそんなことなかったと言ってる。吉岡先生には非常によくしてもらったと感謝していた」

久保山は僕に話しかけるようにしゃべっている。まるで僕が彼の言葉を聞いているのを知っているかのように。

「それに、論文を付き返されるなんてよくあるんだろ。たまたま現場に居合わせた医学部の学生にも聞いたが、投げ返したということはなかったそうだ。上司を通して大学病院の医者に聞いてもらったら、論文を書き直させられるなんて普通のことらしい。どうも動機がはっきりしない」

コツコツという不思議な音が響き始めました。久保山が指先で水槽を叩いているのでしょう。そして、続けました。

「車のブレーキ管についても事故の専門家に調べてもらったが、車は大破していて詳しいことは分からなかったんだ。だが、あれだけの傷で漏れるオイルはたかが知れているそうだ。まあ俺も、ここの奴らにちょっとカマをかけてみたわけだが、今度の事故に関する限り、百パーセント、トラック運転手の居眠りが原因だ。本郷の死因も衝突による全身打撲。現場写真を見たが無残なもんだった」

つまり、と言ってかすかに息を吸った。

「物的証拠ゼロってやつだ」

それで吉岡はどうした。僕は懸命に叫びました。

「あのお坊ちゃんドクターは僕がブレーキ管を傷つけましたと言うが、本郷の事故に直接結び付く証拠は何もないんだ」

水槽を叩く音が止みました。軽く息を吐く気配がします。

「俺は初め、ブレーキ痕がなかったのは、谷崎っていう医者が関係あると睨《にら》んでた。大した根拠はなかったがね。彼は本郷の後釜《あとがま》を狙ってたんだろ。だから吉岡がきたときは意外だったよ。あんなへなちょこが大それたことを仕出かすとはな」

かすかな笑いが聞こえました。僕も彼の考えに同意します。

「吉岡のやつは一晩くらい泊めてもよかったんだが、帰らせてやった。母親を見てたら気の毒になってな。俺も母親のことでは色々あってな。それに、下手に追いつめてトラック運転手のように自殺でもされたら困るからな」

そうだろう、と久保山は僕に呼びかけます。

「彼は大学には退職願を出した。みんなに迷惑をかけたくないそうだ。もう十分にかけてるのにな。俺なんて、誰が本郷を憎んでたかずっと考えていた」

僕だってそうだと久保山に語りかけました。

「俺は放っておこうと思ってる。あいつはあんな性格だ。生涯苦しむことになる。本郷も、それでいいだろう。恨みっこなしだ。それが言いたくてな。ここまで来たんだ」

ああ、僕もそれでいい。僕も吉岡には負い目がある。

「人の運命なんてほんの少しの風で変わるんだ。本郷の車にトラックがぶつからなかったら、いずれ吉岡が傷つけたブレーキ管が原因で死んでたかもしれない。そうなると俺も放ってはおけない。吉岡は殺人罪だ」

伸びをする声が聞こえます。

「しかし、医者ってのは単純だな。この脳が人間の脳だってことは誰の目でも明らかだぜ。なあ、本郷医師。あんた、本郷秀雄なんだろ」

久保山の言葉が途切れました。視線を感じます。久保山が僕を覗き込んでいるのでしょう。

「身体は死んでたが、脳は生きてた。あいつら、俺が気付いてないと本気で思ってるのか。それとも、分かってて知らんぷりしてるのか。しかしこういう場合、どうなるんだ。法的にはあんた、死んでるんだ。この世に存在していないんだよ。こういうのは裁きの対象になるのかね。俺にはどうでもいいことだけど」

久保山の呟きは、僕に聞かせるためなのでしょう。

「そうだ。病院が慌ただしくなってるぜ。なんでも調査委員会ってのが動き出しているそうだ。マスコミの出入りも激しくなってる。まあ、俺には関係ないことだけどな」

一度高い音がした後、指先で水槽を弾く音が消えました。

「じゃ、俺は行くぜ。俺も色々忙しいって言ったよな。これから母親の病院だ」

靴音が遠ざかっていきます。

彼はもう来ないでしょう。何となく、そういう気がします。

久保山の言った調査委員会の話はすぐに僕の耳にも入りました。

医学部の次期学部長候補の長見《ながみ》教授の心臓第一外科の話でした。

腹腔鏡《ふくくうきょう》による心臓手術ミス発覚と製薬会社からの不正研究資金疑惑です。大学内の派閥抗争から明るみに出たとも聞きました。この研究室とは関係なかったようです。

富田教授は派閥には属していなくて中立的な立場でした。そのため、問題はなかったようです。

大学内外でかなり話題になっているようですが、この研究室の者は他の医局の人たちより、こういう話には興味がなさそうです。しかし同じ医学部の問題として、いずれなんらかの影響は出てくるでしょう。

4

大学はすでに冬休みに入ったようです。

研究室のスタッフも交代で休みに入り、年末を故郷や海外ですごす者が、一人去り二人去り、数名のスタッフが規則的にデータを取りにくるだけになりました。

秋子が僕を訪れて、ひと月あまりがすぎました。

何度かあの懐かしい木槌の響きを聞いたことがあります。それは闇と時の彼方から突如として現れ、僕を現実の世界へと引き戻すのです。

僕は精神《こころ》を打ち震わせて待ち受けるのですが、いつもドアの前で止まり、しばらくしてまた来た時と同じように、寂しい、しかし力強い響きを残して遠ざかっていくのです。ドアは決して開かれることはありませんでした。だがそれは、確かに秋子なのです。秋子の精神《こころ》が僕に語りかけます。私はここにいて、あなたのことを思っている、と。

秋子は苦しんでいる。生きることに苦悩している。だが、僕は何もしてやれない。ただ秋子の姿を闇に描き、彼女との過去を思い続けるだけなのです。

深夜、クリスマス・イブか、すでにクリスマスになった時間でした。

数時間前に最後にデータを取りに来たスタッフの一人が、ホワイト・クリスマスを口ずさんでいるのを聞いています。

その彼も早々とデータを取り終え、装置をチェックすると帰ってしまいました。恋人とクリスマスの夜をすごすか、家族の待つ家へ帰ったのでしょう。僕に残されたものはいつもの闇と緩慢な時の静寂のみです。

秋子は一人でした。

今までと同じようにドアの前でしばらく立ち止まっています。

ドアの開く音が聞こえ、低い槌音が部屋に入ってきました。

秋子は僕の前に立ちました。

僕と秋子の間は再び静かな緊張感で満たされ、お互いの身体が触れ合っているような快い満足感が流れました。それは、一瞬とも無限とも思える時間でした。

「秀雄さん。私。秋子よ」

静かに語りかけてくると、手を伸ばして水槽に触れました。僕ははっきりとそれを感じます。僕の中にあざやかに秋子の姿が浮かび上がりました。

「秀雄さん、あなたは私のことが分かっているんでしょ。私には分かる。あなたが今、私がいることを知ってるって」

秋子には分かっている。僕が秋子の声を聞き、姿を見ていることを。

その時、確かに秋子の姿を見ていたのです。

秋子！　僕は必死に叫びました。

長い時間がすぎました。しかしそれは、ほんの数秒だったのかもしれません。

「いいのよ、秀雄さん。あなたは答えなくても。私はあなたが私の声を聞いて、私の姿を見て、私を感じていることを知ってる。あなたがどんなに私のことを思ってくれているかを。だから黙って聞いていてちょうだい。今日はお別れにきたの」

僕は不思議と冷静でした。

この言葉を精神《こころ》の奥底で、予感していたのかもしれません。ドアの前まで来ては去っていく秋子の槌音を聞きながら、秋子の精神《こころ》を感じていたのです。

「私はね、本当は今日、この装置を止めに来たの。遠くに行ってしまう前に、どうしてもやっておかなければならないことだと思ってた」

秋子の声は、かつての秋子からは想像もできないほどしっかりした、強い決意を感じさせるものでした。

「でも、やはり私にはできない。前にあなたに会って以来、考えに考え抜いて決めたことだけど、今夜この部屋に来てあなたを見ているうちに、すべきではないと感じた。あなたにとって、こんな形で、こんな状況で生きているのは辛く苦しいことだと思う。あなたは自尊心の強い人だった。それに、光も音も感覚すらない世界で、あなたは苦しんでいるかもしれない。私なら、とっくに正気を失っている。でも、あなたは決して狂ってはいない。私には分かる。きっとあなたは何かを考え続けている。思考するのは自由。私たちの世界で生きるのよりも、もっとずっと自由なはず」

しばらく沈黙が続きました。それは、僕と秋子とをさらに強く結びつけるものでした。

「実はね。私もずっと死ぬことを考えていたの。私の左脚は大腿部、膝上十五センチの所で切断。右手は肩から上には上がらない。これじゃ医師としては失格でしょ。それに、顔にも傷がある。頬から首にかけて十七針縫った。事故の後、自分の姿を見た時、思わず泣き出しちゃった。医師としては失格、女としてもこれ以上辛いことはない」

僕は秋子の姿を思い浮かべました。しかし僕の中の秋子は、有能な医師であり、優しい笑顔を向けてくる美しい女性です。

「これまでの私の人生は何だったのと思った。医学を志して、命を救い、人の役に立つ医師になることを目標に生きてきた十数年間。それが無意味なら、これからも無意味だろうと思ったのよ。事故の時どうして二人を死なせてくれなかったのか、神様を恨んだこともある。正直言うと、初めてあなたを見た時怖かった。このグロテスクな塊が私の婚約者なのかと思うと。そのとき閃《ひらめ》いたの。あなたを殺して、私も死のうって」

木槌の響きが聞こえます。秋子が僕の周りを回っている。

「でもほら、昔習ったでしょ。医学倫理の時間だったかしら。命あるものにはどんなものにも役割があり、意味があるって。医学は神様の意思に逆らうのではなく、従うものだと思う。医者はただ患者の生命力を助け、苦痛を和らげるために最善を尽くせばいい。後は生かすも殺すも神様の意思しだい。あなただって、生きているからここに存在して、こうして私と話している。あなたに比べれば私の失ったものなんて取るに足らない。たとえ直接患者に接しなくても、医師としてできることは山ほどある」

秋子が立ち止まりました。そして、僕を見つめている。

「秀雄さん、私はもう一つあなたに報せなきゃならないことがある。ほら、事故の前の日、電話したでしょ。でも、話せなかった。あなたは途中で、後輩の論文の批評を始めた。それを聞いてて、あなたにとっては研究が第一だって分かった」

長い沈黙がありました。これまででいちばん長い沈黙です。

「それは私たちの子供のこと。あのとき、私は妊娠してた。五ヶ月だったのよ。ちょうど安定期に入ったところ。事故の日、私たちは久し振りに愛し合った。あなた、私がちょっと太ったって言ったでしょ。でも妊娠には気付かなかった。事故後、私の執刀医たちは議論をした。私を助けるか、赤ちゃんを助けるかで。超未熟児だけど助かる可能性はある。でも、私を助ける選択をした。彼らを恨んではいない。それはそれで、ずい分勇気のいる決断だったと思う」

また、言葉が途切れました。

「私は赤ちゃんを助けるように懇願《こんがん》した。だけど、それは声にならない。必死に叫んだのだけど出るのは……」

もういい。僕は叫びました。きみの責任じゃない。

「私はトラックの運転手を憎んだ。私たちの運命を憎んだ。そして神様も。でもそれじゃ、あまりにも悲しすぎる。赤ちゃんとあなた、そして私は違う世界にいるけれど、つながっている。私の命は赤ちゃんの命でもある。そう思うと、自分で命を絶つなんて……とてもできない」

それにね、と秋子の言葉は続きました。

「これは前にあなたと会った日、帰りに長谷川さんから聞いたの。あなたの角膜、どうなったか知ってる」

秋子が微笑《ほほえ》んでいると、僕は感じました。

「私の目になってるのよ。ほら、私の左目。私の中であなたは生きている。こうやって目を閉じるとあなたが見える。頑張って僕の分まで生きてくれって、笑って言ってるの。これじゃ死ねないよね」

秋子はそこまで言って言葉を切りました。その後は、黙って僕の前に立っているだけです。

僕は泣いていました。精神《こころ》はいとおしさで、張り裂けんばかりです。秋子、僕はきみの声を聞いている。姿を見ている。僕はきみを抱きしめている。

秋子も泣いているようでした。秋子の精神《こころ》が清流となって僕の精神《こころ》に流れ込んできます。朝の光を受けたプリズムのように輝き、七色の光を送ってくるのです。僕はその精神《こころ》の虹を全身に浴びていました。

この時、初めて生命の絆《きずな》を感じました。人が持つ肉体以外のもの。形もなく、空間もなく、時もない。あるのはただ、精神《こころ》の触れ合いのみです。

どのくらいの時が流れたのでしょう。

僕はかすかな水のゆらぎを感じました。

秋子が腕を伸ばし水槽に触れている。そして、小さな声で別れの言葉を言いました。

力強い木槌の音が遠ざかっていきます。

秋子！

僕は叫びました。

その声に答えるように、音がやみました。

「男の子。とても元気な男の子よ」

秋子の声が響いてきます。

「秀雄さん、あなたはあの事故の前、私に聞いたでしょ。男か女かって。この前の日曜日に、あの時の夫婦が尋ねて来てくれた。十七歳のお母さんに十八歳のお父さん。あなたは何とかやっていくだろうって言ってた。それが親だって。その通りだった。二人ともすっかり母親と父親らしくなって。あの時の赤ちゃん、私に笑いながら手を出すの」

一瞬、闇の中に暗い海を背景にした秋子の横顔が浮かびました。僕が見た最後の秋子の姿。

時間が巻き戻された瞬間です。しかしそれもすぐに闇の中に溶けていきます。

再び槌音が聞こえました。

そして今度は立ち止まることもなく、部屋を出ていきました。

彼女と触れ合ったのはそれが最後です。触れ合うというのは正確でないかもしれません。でも、それは確かに触れ合いでした。精神《こころ》と精神《こころ》の触れ合い。肉体よりもさらに強く激しい結び付きです。

闇の中にしっかりと秋子の姿を焼き付けました。白くたおやかな、健康な秋子の姿。あの夏の日のように、陽を浴び、汗を光らせながら砂浜を駆ける秋子の姿です。

秋子の言葉はわずかではありますが、「生」に対してプラスの方向を示してくれました。少なくとも死を望むことだけはやめよう。秋子の言う通り、生きている限り精神《こころ》は自由。生きているからこそ秋子のことを考え、想うことができるのです。


秋子がやってきた翌日、僕はいくつかの話を聞きました。

大学は休みに入っていますが、大学病院は開いているし、研究室は年中無休です。とりわけ、実験動物を管理し使っている研究室はクリスマスも正月もありません。ラットやウサギ、その他の試験体の世話やデータを取らなければならないのです。

特にこの実験室は神経を使わなければなりません。血液と生命維持に必要な輸液の補充、水槽の管理を少しでも怠《おこた》れば、唯一残された人としての本郷秀雄の存在が消えてしまうのです。

「今年もここで年越しということになりそうだ。これじゃ、当分結婚なんてムリだな」

高杉の声です。今年も正月は高杉が残るようです。頼まれると断われない彼の性格でしょう。それに、文句を言いながらも彼はこの仕事が好きで、ここにいると落ち着くのかもしれません。

続いて谷崎の声が聞こえました。

「来年は大学も大きく変わるだろうな。なんせ、富田教授が学部長なんだから。しかし、世の中分からんな。長見教授が退職するなんて。これをタナボタと言うんだろうな」

長見教授は次期医学部学部長、いずれは学長候補でしたが、准教授の不祥事で監督責任を取る、という形の退職となりました。つまり、手術ミス、不正研究資金疑惑、一連の問題をすべて准教授の責任として片付けたのです。

そのため学部内にいくつかある派閥からは中立的立場にいた富田教授が急遽、学部長に内定したようです。

「長見教授は賢い選択をした。これ以上、傷が深くならない間に身を引いたんだ。いずれどこかで復活する。それがこの世界だ。いちばんの貧乏くじを引いたのが准教授だろうな。これで、我々の研究室にも多少は陽が当たるかもしれない」

「過去にさかのぼって俺たちの研究を承認するなんてことはやらないだろう。いくら学部長でも無理な話だ。危険なことはやらない人だし」

「じゃあ、このままってことか」

谷崎は答えません。答えることができないのでしょう。

「閉鎖ってことはないだろうな」

「考えているんだと思う。成果は十分に世界に誇れるものだ。世界が驚愕するよ。いいも悪いも。しかし、大学の倫理委員会には叩かれる。マスコミはどうなんだろうな」

「成果が倫理違反を上回っていると判断すれば発表するだろう。そうなればマスコミなんて我々に味方するに決まってる。しかし、問題なのはどの時点で成果が倫理違反を上回るかだ」

「もう十分だと思うが」

「おまえが思っても仕方がないんだ。大学は当てにできない。ジェラシーの塊だからな。マスコミが味方してくれなきゃな。こういうのって、必ず反対する奴らがいる。すべては、それを見極めてからじゃないかな」

谷崎の言葉通りでしょう。富田教授は、その成果が違反を上回る時期を狙っているのだと思います。

「しかしどう発表する。マスコミをここに連れてきて、これが一年前に交通事故で死んだ本郷秀雄ですってか」

「冗談言うな。世界中が大騒ぎになるぜ。警察だって飛んでくる。俺たちは殺人罪か、死体遺棄罪か。ただじゃ、すまないだろ。医師免許剝奪は確実だ」

この姿が社会に晒される。以前の僕なら耐えられないことです。しかし、秋子と触れ合ってからは運命を受け入れる覚悟のようなものもできています。だが僕の家族は――。

二人の言葉が途切れました。長い沈黙が続きます。

「本郷の妹がうちの大学の医学部を受験するって知ってるか」

僕の意識は反射的に高杉の言葉に集中しました。

「教務の友人が教えてくれた。交通事故で亡くなった本郷秀雄の妹が医学部の社会人枠と学士入学について聞きにきたと言ってた」

「聞きにきただけだろ。実際に受けるかどうか分からない」

「彼女、この大学の薬学部出身で、現在は製薬会社に勤めてるんだろ。確か二十六だ。実家の医院のこともあるし、本気じゃないのか。受かって、ここに来てくれるといいな」

「バカを言うな。俺たちがやってることを知ったら警察に駆け込むさ」

宏美が医師を志している。僕は素直に嬉しく思いました。

単に父親を助けるということではないはずです。彼女なりに様々な葛藤《かっとう》があったと思います。おそらく、ここに来て僕の前に立った時、何かを感じたのです。たとえ目の前にいるのが僕だと気付かなかったとしても、彼女の将来を変えようとしているのはここの存在が大きいに違いありません。

「いずれにしてもここに来るのは何年も先の話だ。それまでこいつがどうなっているか」

谷崎が僕の前に立って言いました。


次に秋子について聞いたのは、年が変わってしばらくしてからです。

大学が始まり、研究室に人が戻ってきました。

新しい年というのは、どこかすがすがしいものです。スタッフたちも心の高揚を隠し切れず、研究室も華やいだ空気に溢れていました。その時、秋子が話題に上ったのです。

「彼女、ずいぶん変わったって聞いた。明るくなったらしい」

「やはり強い人なんだ。あれだけの不幸を乗り越えようとしてる。だからみんなに好かれてるんだ」

秋子は母方の生家がある四国の都市に移っていきました。そこの公立病院から強く望まれたそうです。その病院を中心に、地域の医療相談者として働くのです。

身体の不自由な医師、それでも東京にいさえすれば母校の大学もあるし友人もいます。望みさえすればそれなりの仕事、大学や付属の看護学校の講師や、医療に関する講演や指導などの仕事はあります。

慣れない土地での秋子の苦労と孤独を思うと、心が痛みます。だが、必ず秋子は克服していくでしょう。

秋子にはあの痛ましい事故を乗り越え、生きようとした実績がある。それに勝る勇気などあるでしょうか。その上、秋子には僕が付いている。僕の角膜が今も彼女に光を与え、生きる勇気を与え、精神《こころ》を温めていると信じます。

秋子と共に長谷川も去っていきました。アメリカに帰ったのです。

実験が思ったよりスムーズに運んで、もはや彼の手を借りる必要がなくなったこともありますが、やはり富田教授との間がうまくいかなかったようです。

僕は彼の優しさと志の高さをあらためて知りました。彼が去ったことは寂しく心細いことではありますが、彼の成功と幸せを祈らずにはおれません。

エピローグ

人の心は移ろいやすく、変わりやすいことを思い知りました。何気なく接していた者の本心に触れることもありました。そして、自分自身のこと——。思いがけなく温かい心にも出会うことができました。

しかし残念なのは、僕が僕自身の思いを彼らに伝えることができないことです。彼らに感謝し、謝罪することができないことです。

人の死は決して珍しいことではありません。日本では一日に三千人以上の人が死んでいくと聞いたことがあります。自ら命を絶つ人も八十人あまりにのぼるそうです。この瞬間にもいくつかの心臓が止まっている。人として生まれたからには避けられない事実、それが死です。

しかし人が死んでいくと同時に、一日に三千人近くの新しい命も生まれています。死ぬと神のもとに召《め》される。誰しもがそう考えたいのは分かります。しかし、人を構成しているのは様々な原子、それが集まる分子にすぎないのです。

生命発生の起源にはいくつかの説があります。アミノ酸、核酸塩基、脂肪酸、糖などが、宇宙線、紫外線、雷による放電などの刺激を受けて、タンパク質、核酸、脂質、多糖などになり、やがて原始細胞が形成されるというのもその一つです。

それが数億年の時を経て、多細胞となり、各種の生物の形態を経て現在の人が生まれたのです。そして、人の形態はさらに変化を続けている。

こう考えると、人は決して特別な存在ではありません。ウイルスや細菌となんら変わることのない細胞の集合体にすぎないのです。だとすると、神の存在には否定的にならざるをえません。

死とは何か。そして生とは――。細胞の機能停止。それが死です。我々を待つものは無でしかないのです。無に帰る。それこそ人の長い旅の終わりなのです。

人の起源は微細な細胞、そして原生生物、さらに進化が進み猿人からヒトの祖先が生まれたのです。決して塵《ちり》から生まれたものではないのです。

魂は思考。思考は脳細胞の働きです。その思考こそがヒトなのです。

不可避な現実。事故の前まではそう自分に言い聞かせて、医師として死を受け入れてきました。ただし、自分にはまだ遠い現実として。

その死の先にある世界は、永遠という何ともつかみがたい時です。

死は未知でありながら、耐え難い現実だと思ってきました。輝かしい生を生きている人こそ、その落差に絶望し、受け入れがたいのでしょう。

しかしそうではないという想いも僕の中に生まれ始めているのです。人知を超えた力は存在するのではないか。僕がこうして存在し、秋子と言葉を交わすことができたのです。物質と思考とはまったく別のもの。生命は単に原子の集合体ではないのではないか。

さて、こうして僕にもゆらめき程度のものですが、生に対するわずかな希望とも呼ぶべきものが生まれました。

しかし、ここ数日間精神《こころ》が重く、絶え間なく眠気を感じます。言葉で表すことは難しいのですが、今までとは違う感覚です。なにか物理的な問題が生じているのか。

「脳梗塞《のうこうそく》」、僕の脳裏に浮かびました。

僕の脳に新鮮な血液を送り込んでいるパイプ。それは現在世界で最も信頼されている材料を使用し、最高の技術で作られたものです。

過去の実験中にそのパイプと脳の血管との接合部でわずかながら血液が凝固し、血液の強い流れに剝《は》がされ、脳内に侵入し始めたことがありました。少量の薬剤の使用でその血液凝固は防ぐことができますが、この重大な事態に谷崎を含めスタッフの誰も気付いてはいないようです。

ほんのわずかな血栓でも、脳の毛細血管の血流を妨《さまた》げます。壊死した細胞が血管に詰まって死んだヤギと同じです。影響はいずれ脳細胞に現れるでしょう。

灰白色の表面は鬱血《うっけつ》で赤黒く変色し、やがて水槽内に溶け出していくのです。そうなる前に誰かが気付き、装置は止められるでしょう。それですべては終わるのです。長谷川がいればと思うこともありますが、今となっては彼にも手の施しようがない。

眠気は日ごとに強まっていきます。脳細胞が侵され始めた前兆でしょう。やがて思考はにぶり、記憶は薄れていく。闇が精神《こころ》までも支配しようとしているのです。

だが、この軽やかさは何なのでしょう。

僕は「時」と「闇」、そしてやがて訪れる「無」に打ち勝ったのかもしれません。彼らは支配を諦め解放してくれるのかもしれません。

幸い、今のところ痛みはありません。神経組織が先に壊死しているのでしょう。

ふっと思うことがあります。秋子のこと、そしていま僕の身に起こっていることのすべて、僕がここで思考していること、聞いていること、存在していることさえが、すべて思い出、過去の記憶の断片、さらには単なる幻想かもしれない。そして、そうあってほしいと。僕の存在はすでになく、秋子はたおやかな肢体で駆けている。しかし、これは僕の研究し続けてきたことの結果なのです。僕は思考し、感情を持っている。悲しみ、苦しみ、嘆き、さらには喜びすら感じている——生きているのです。

この結果にいつか誰かが気付く日が来るでしょう。

K大学医学部脳神経外科病棟三〇五号室で交わされていたような議論に継ぐ議論が重ねられ、そして医学は、いや、命は繋《つな》がっていく。

終日、秋子を想ってすごしました。闇の中に秋子の姿を焼き付けたいのです。もっと鮮やかに、もっと深く。記憶がなくなり思考が止まった後も、秋子を見ていたいのです。

さあ、もう目を閉じて眠ることにします。

疲れ易くなったようです。少し長く思考を続けると、僕の脳は酸素が不足し、細胞が喘ぎ始めるのです。

僕の浮遊も間もなく終わりを告げようとしています。

それに目を閉じても、精神《こころ》の中には秋子が見える。彼女は懸命に生き、僕の角膜で未来を見つめている。闇が深ければ深いほど、眠りが深ければ深いほど、その姿は鮮明に浮かび上がってくるのです。

そしてその姿が消えた時、今度は僕が秋子の中で生き続ける。

解説　浮遊する脳が導く哲学のレッスン

永江朗

小説の語り手である「僕」＝本郷秀雄は交通事故に遭い、脳だけとなって生きている。いや、生かされている。研究室の水槽の中で生命維持装置につながれている。脳だけになった「僕」が語る。本郷は他人が自分をどう思っていたのかを知り、研究する側ではなく研究される側になった感覚を知る。

ぼくはこの小説を哲学的ファンタジー、あるいは思考実験の物語として読んだ。人は意識だけで存在しうるか。あるいは、意識なしに存在しうるか。この小説を、たとえばフッサールの『デカルト的省察』を傍らに置いて、ときどき参照しながら読むと面白さが増す。

フッサールは『デカルト的省察』の序論において、〈デカルトの省察は哲学的な自己反省の原型である〉と述べている（浜渦辰二訳　岩波文庫）。

フッサールはいう。

〈客観的世界の全体は私にとって存在し、まさにそれが私にとってあるがままに存在するようになるのは、この意識の生においてであり、この意識の生を通じてなのである。世界内部のすべてのもの、すべての時空的な存在が私にとって存在するとは、私にとって通用している、ということを意味している。しかもそれは、私がそれらを経験し、知覚し、想起し、何らかの仕方で思考し、判断し、価値づけをし、欲求し、等々をすることによってなのである〉

デカルトの省察とは何か。デカルトは『方法序説』第四部において〈ほんの少しでも疑いをかけうるものは全部、絶対に誤りとして廃棄すべきであり、その後で、わたしの信念のなかにまったく疑いえない何かが残るかどうかを見きわめなければならない、と考えた〉。さまざまなものを捨てていったはてに〈このようにすべてを偽と考えようとする間も、そう考えているこのわたしは必然的に何ものかでなければならない〉と気づく。そして〈「わたしは考える、ゆえにわたしは存在する〔ワレ惟《おも》ウ、故ニワレ在《あ》リ〕」というこの真理は、懐疑論者たちのどんな途方もない想定といえども揺るがしえないほど堅固で確実なのを認め、この真理を、求めていた哲学の第一原理として、ためらうことなく受け入れられる、と判断した〉（谷川多佳子訳　岩波文庫）。

小説の語り手である本郷にとって、惟い、考える主体は、水槽の中の脳だけだ。

この小説は、デカルトによる思考実験(省察)、そしてフッサールによる思考実験(判断停止=エポケー)の先にある。

もっとも、本郷は完全に身体を失ってしまったわけではない。脳は残っている。思念だけが切り出されて「ある」わけではない。あくまで脳という臓器の中の、おそらくはニューロンで起きる電気的な変化として「ある」。そうしたことが科学的にありえるかどうかはともかく、小説の中で、本郷の脳は世界の中に存在している。

「惟う」がなかったら、「わたし」も存在しないことになるのだろうか。この小説の中に、脳死について同僚たちが議論している場面が出てくる。植物状態との違いについても。「惟う」「考える」と「脳死」。

「脳死」を『広辞苑』で引くと、〈脳幹を含めた脳全体のすべての機能が不可逆的に停止した状態。生命維持装置の進歩や臓器移植問題により、日本ではこれだけで個体の死とはしない〉とある。これは二〇一八年に出た第七版の記述だ。第六版では〈脳幹を含めた脳全体のすべての機能が非可逆的に停止した状態。臓器移植などの医療技術の進歩に伴って問題化。脳死を即個体の死と見なし得るか否かについて、日本では意見が完全には一致していない〉だった。「不可逆的」と「非可逆的」の違いはあるが、前半は同じ。後半の記述で、第六版が出た二〇〇八年から第七版が出た二〇一八年までの一〇年間でも、死の概念としての脳死が揺れ動いていることがわかる。

脳だけになった本郷は「生」の側にいるのか、「死」の側にいるのか。「死」とは何なのか。脳死ではなく「惟う／考える」がない状態はどうなのか。そして、「惟う」がない状態と、「惟い」を伝えられない状態とはどう違うのか。それは当人以外の外部にとって、どうやって知ることができるものなのか。

本郷は唯一残された身体である脳で外部世界を感知する。研究室にいる同僚や、交通事故（あるいは事件）の真相究明のためにやってくる刑事、肉親、そして恋人の声を聞いている。だが、本郷から外部に何かを伝えることはできない。

この小説を読み始めたとき、ぼくが思い浮かべたのは、作中でも言及されるダルトン・トランボの反戦映画『ジョニーは戦場へ行った』（一九七一年）だった。ぼくはたしか中学三年生の春に田舎町の映画館で見たのだったと思うが、強い衝撃を受けた（ちなみに二〇一五年にトランボの伝記映画『トランボ　ハリウッドに最も嫌われた男』が制作・公開されている）。徴兵され戦場に行ったために四肢と視覚・嗅覚・聴覚と声を失った主人公は、残った身体の部分を使い、モールス信号で意思を外部に伝えた。ところが脳だけになった本郷には、外部に意思を伝える手段がない。研究室の同僚たちは本郷の脳波がα波であるかβ波であるかを知ることはできるが、それは脳の状態を示すものであって本郷の意思ではない。

本郷は「惟う」「考える」。彼にとっては「わたし」はある（彼の一人称は「僕」だが）。わたしは考える、ゆえにわたしは存在する（ワレ惟ウ、故ニワレ在リ）。だが彼に意識があり、「惟う」があることは彼にしかわからない。彼を観察している者は、彼に意識があるともないとも判断できない。彼の「ワレ惟ウ、故ニワレ在リ」は彼の中で完結し、他者にはそれを知ることができない。この場合の彼の「ある」は、どういう意味を持つのか。

たとえばすべてが夢の中のできごとだとしたらどうなるのか。脳以外の身体は失われ、生命維持装置をつけられた脳だけが水槽の中で生きているというのは、本郷が眠っている間に見ている夢なのだと仮定したら。その場合の夢の中の、脳だけになった「私」は存在するのか。存在するとしたら、夢を見ている本郷とどのような関係にあるのか。思考は独我論の深い穴に落ちていく。連想は果てしなく続く。

伝えられない「惟い」に意味はあるのか。仮に意味があったとして、誰がそれを認めるのか。

インターネットが普及した高度情報化社会では、情報を発信しない者は存在しないのも同然なのだ、などといわれることがある。検索されなければないのも同じ、と。ほんとうだろうか。同様に、消費社会においては、消費しない者は存在しないも同然に扱われる。だが、ほんとうに消費がすべてか？

この小説で本郷は脳として水槽内に浮遊しているだけである。いくら彼が考えても、いくら心の中で同僚や恋人や肉親に呼びかけても、その「惟い」は脳内で完結して相手には伝わらない。だが脳だけになった彼が研究室の中にいるだけで、同僚や家族や刑事たちは何かを感じる。脳だけになった彼を周囲の人間たちは意識せずにいられない。脳だけになった本郷が外界の人間たちの行動に影響を与える。やがて本郷が巻き込まれた交通事故の真相が解き明かされる。彼は情報を発したわけではない。行動を起こしたわけでもない。だが彼が「ある」というだけで、他者は彼を気にかけた。配慮した。その結果、他者が動く。「ワレ惟ウ、故ニワレ在リ」ではなく、「他者ガワレヲ惟ウ、故ニワレ在リ」なのである。

ならば、情報を発したり行動を起こしたりする積極的な存在でなくても、まったくの無力な存在であっても、ただ存在しているだけで世界に影響を与え世界を変えることだってあり得るのではないか。

（ライター）

＊本書は二〇一六年三月、小社より刊行された『浮遊』を改題したものです。

脳人間《のうにんげん》の告白《こくはく》

二〇一九年 四 月一〇日 初版印刷
二〇一九年 四 月二〇日 初版発行

著 者 高嶋哲夫《たかしまてつお》
発行者 小野寺優
発行所 株式会社河出書房新社
〒一五一-〇〇五一
東京都渋谷区千駄ヶ谷二-三二-二
電話〇三-三四〇四-八六一一（編集）
〇三-三四〇四-一二〇一（営業）
http://www.kawade.co.jp/

ロゴ・表紙デザイン 粟津潔
本文フォーマット 佐々木暁
本文組版 KAWADE DTP WORKS
印刷・製本 凸版印刷株式会社

Printed in Japan ISBN978-4-309-41676-2

スイッチを押すとき 他一篇

山田悠介　41434-8

政府が立ち上げた青少年自殺抑制プロジェクト。実験と称し自殺に追い込まれる子供たちを監視員の洋平は救えるのか。逃亡の果てに意外な真実が明らかになる。その他ホラー短篇「魔子」も文庫初収録。

その時までサヨナラ

山田悠介　41541-3

ヒットメーカーが切り拓く感動大作！　列車事故で亡くなった妻が結婚指輪に託した想いとは？　スピンオフ「その後の物語」を収録。誰もが涙した大ベストセラーの決定版。

93番目のキミ

山田悠介　41542-0

心を持つ成長型ロボット「シロ」を購入した也太は、事件に巻き込まれて絶望する姉弟を救えるのか？　シロの健気な気持ちはやがて也太やみんなの心を変えていくのだが……ホラーの鬼才がおくる感動の物語。

きつねのつき

北野勇作　41298-6

人に化けた者たちが徘徊する町で、娘の春子と、いまは異形の姿の妻と、三人で暮らす。あの災害の後に取り戻したこの幸せ。それを脅かすものがあれば、私は許さない……。切ない感動に満ちた再生の物語。

最後の敵

山田正紀　41323-5

悩める青年、与夫は、精神分析医の麻子と出会う。そして鬱屈した現実がいま変貌する。「あなたの戦うべき相手は、進化よ」……壮大な構想、炸裂する想像力。日本ＳＦ大賞受賞の名作、復活。

透明人間の告白 上・下

H・F・セイント　高見浩〔訳〕　46367-4 46368-1

平凡な証券アナリストの男性ニックは科学研究所の事故に巻き込まれ、透明人間になってしまう。その日からＣＩＡに追跡される事態に……〈本の雑誌が選ぶ三十年間のベスト三十〉第一位に輝いた不朽の名作。

著訳者名の後の数字はISBNコードです。頭に「978-4-309」を付け、お近くの書店にてご注文下さい。